川柳は乱《ラン》調《チョウ》にあり

嗤う17音字

棚沢 健

春陽堂

目次

はじめに　川柳は美辞麗句を嗤う

1　川柳は乱調にあり

2 川柳・原発・落書き

3　川柳は検定教育を嗤う

4

川柳はプレカリアートの詩

はじめに

川柳は美辞麗句を嗤う

うどん屋に日本終了ですの札

二〇一三年一二月一二日「毎日新聞」朝刊「万能川柳」に掲載された川柳作品である。作者は「徳島　仲真平」。

戦前の「治安維持法」の復活に他ならない「特定秘密保護法」が、二〇一三年一〇月二五日、安倍内閣による閣議決定を経て国会に提出され、同年一二月六日に成立、同月一三日に公布された。二〇一三年は「特定秘密保護法」がゴリ押しで可決・公布された平成版「治安維持法」成立元年として、永遠に記憶されることだろう。この句はそれを踏まえた作品である。

うどん屋に出る札は「本日終了です」。売り切れ御免の繁盛店なら、うどん屋に限らず、街を歩いていれば、しばしば見かける札だ。しかしなぜ「本日終了」ではなく「日本終了」の札なのか。おそらく誰かが札にいたずら書きをしたのだろう。文章校正で前後の文字を入れ替える「S」の赤字が「本」と「日」の間にペンかチョークかスプレーで書き加えられた落書きに、作者はたまたま遭遇したにちがいない。

本日終了です

遭遇したというのは出来すぎで、あるいは「犯人」は作者自身なのかもしれない。特定秘密保護法のせいで、「本日終了」を見たとたん、そこに「日本終了」を読み取ってしまった。「本」と「日」を逆さまにして「日本終了」にしなければ、おさまりがつかなくなってしまった。いたずら書きすることを、抑えられなくなってしまった。あるいは、そういうことであったのかもしれない。

あるいは、あるいは、もしかしたら、「犯人」は通りすがりの通行人ではなく、他でもない、うどん屋の店主その人であったのかもしれない。「これで日本もお終いだな」と嘆く客の声を、きっと何度も何度も、くりかえしくりかえし耳にしていたのかもしれない。落書きのおかげで、店は大繁盛しただろうか。落書きを目にした通行人は、以後、うどん屋のみならず、街中のあらゆる店舗に掲げられた「本日終了です」の札の前を素通りできなくなる、気にしないではいられなくなるだろう。落書きの残像がちらついて、街中「日本終了です」の札だらけのように思えてくる。いや、それだけではすまないかもしれない。街中の「本日終了です」の札を、すべて「日本終了です」に書き替えないではいられなくなるかもしれない。「日本終了」というメッセージだらけにしたい。「日本終了」という札で、街を、日本を、世界を埋め尽くしてしまいたくなる。そんな衝動を抑えられなくなるかもしれない。

日常のありふれたもの、どこにでもあるもの、ふだんは見慣れていて素通りしてしまうようなモノやメッセージを、ほんのちょっとだけ書き替え、いじり、転用するだけで、あっという間に予想外のメッセージを浮かび上がらせてしまう力が、まちがいなく川柳にはある。見慣れたメッセージから、見慣れないメッセージをあぶり出す力がある。どこにでもあるモノ、誰もがよく知っているモノ、見慣れすぎていて気がつかないモノであればあるほど、書き替えと転用の効果と驚きは絶大なものとなるであろう。街中に、日本中に、世界中に掲げられている無数の「本日終了です」の札を通じて、批判と皮肉と嗤いは受け継がれ、拡散し、人から人へと伝染、伝播していくだろう。

「日本を、取り戻す」と「日本終了です」

「うどん屋に日本終了ですの札」の批判と皮肉と嗤いは、「特定秘密保護法」とともに、「日本」という国号にも向けられている。「日本終了です」は、自民党の安倍政権が掲げるスローガン「日本を、取り戻す」と対になっている。のみならず、「復興」にかこつけた五輪招致スローガン「今、ニッポンにはこの夢の力が必要だ」の「ニッポン」とも対になっている。街中に貼り出されたポスター「日本を、取り戻す」「今、ニッポンにはこの夢の力が必要だ」を包囲するように、「日本終了です」の札がいたるところに掲げられているというわけだ。

「日本人ならわかりあえるはずだ」「日本人ならわかりあえなければいけない」「日

本はいま、ひとつのチームになる」。そんな声高な「絆」の強要、「わかりあい」の押し付け、「日本」「ニッポン」というまとまりの強制が、三・一一以後、とどまることなくエスカレートしている。「復興」や「国難」の喧伝、あるいは北朝鮮や中国の「脅威」や「有事」を煽ることで、「絆」と「わかりあい」と「日本」「ニッポン」の安売りが横行している。その陰で「わかりあえないこと」「わかりあいたくないこと」の数々が無視され、切り捨てられようとしている。特定秘密保護法を筆頭に、解釈改憲、生活保護基準の引き下げ、原発再稼働、原発下請け労働者の使い捨て、放射能の安全基準値の引き下げ、除染に伴う強制帰還、震災ガレキの全国搬出、二〇二〇年東京五輪誘致、アンダーコントロール、沖縄米軍基地の辺野古移設、労働者派遣法の改正案……。そのゴリ押しを可能にし、支えているのが「復興」「絆」「今、ニッポンにはこの夢の力が必要だ」のスローガンである。被ばくの強要、有事の煽動が、「日本」のデフレとワンセットで推し進められているのだ。日本人にとって「わかりあえない」「わかりあいたくない」のは中国や北朝鮮よりも、むしろ「日本を、取り戻す」の「日本」、「今、ニッポンにはこの夢の力が必要だ」「TEAM NIPPON」の「ニッポン」

の方だといってよい。

「日本を、取り戻す」というが、取り戻すべき「日本」とは何か。「今、ニッポンにはこの夢の力が必要だ」「TEAM NIPPON」の「ニッポン」とは何か。「日本終了」というが、終了すべき「日本」とは何か。「日本」を取り戻すとはどういうことか。「日本」が終了するとはどういうことか。「日本」が終了したら、次にそこから何が出てくるのか、何に変わるのか。そういった疑問を、この川柳はあわせて投げかけ、問いかけているように思われる。

「日本」とは何か

そもそも「日本」という国号がいつ決まったのか、「日本」という国家が誕生したのはいつか。みずからの属する国家の起源を答えられない珍妙な国民は世界でも「日本人」くらいだ、とかつて網野善彦は『「日本」とは何か』(講談社、二〇〇〇年一〇月)で痛烈に批判した。天から降ってきたわけでもあるまいに、二月一一日という神武天皇の即位の日というまったく架空の日を「建国記念の日」と定めているため、その虚偽が明確になるのを恐れて、この国家は意図的にその事実を隠蔽し議論を避けてきた。

文部省がなぜ、日本国にとって決定的な意味を持つ国号の確定の事実とその時期を国民に教えようとしないのかについて、それをあきらかにすることが「建国記念の日」の虚偽を明確にする結果になるのを恐れて、意識的に隠蔽していると見ることもできる。またこの国号が支配者によって定められたことをあきらかにすると、将来、人の力によって、国民の意志でこれを変えることもできるという点が明瞭になるのを嫌ったと考えることもできよう。とするとこれはきわめて意図的で悪質ということになるが、実際は文部省の当局者自身、「日本」という国号があたかも天から降ってきたように、古くからいつのまにかきまっているという曖昧模糊たる認識にいまも実際にとどまっているのではないかと思われる。

はじまりがあるものには、やがて終わりがくる。はじまりがあるものは、時と場合によっては、終わらせ、終了させることができる。しかし、はじまりがないものには、終わりはないし、終了させることは不可能だ。一九九九年八月九日に成立した「国旗・国歌法」は、神話上の架空の日を「建国記念の日」と定める国家の国旗を日の丸、国歌を君が代として法制化した。これによって「日本」は、はじまりのない、永遠にありつづける国家、誰によっても終わらせることのできない国家、と認定されたわけだ。

「日本」は人間が創造したものではない。いつもあったし、いまもあり、これからもありつづけるもの。「日本」は「取り戻す」ことはできても、「革命」はおろか「変える」ことも「終了」させることもできない。「日本」からの脱出口は存在しない。「日本」は歴史不在の牢獄である。「このような虚偽に立脚した国家を象徴し、讃えることを法の名の下で定めたのが、この国旗・国歌法であり、虚構の国を『愛する』ことは私には不可能である。それゆえ、私はこの法に従うことを固く拒否する」。網野の指摘は、「日本」「ニッポン」という絆の押し付けが横行する三・一一以後、いっそうわれわれの上に重くのしかかる。

川柳は美辞麗句・巧言令色を許さない

「日本」と「終了」は相容れない。「はじまり」のない「日本」には「終了」がない。「うどん屋で日本終了ですの札」は、相容れないはずの「日本」と「終了」をくっ付けてみせることで、「日本を、取り戻す」と「今、ニッポンにはこの夢の力が必要だ」というスローガン、国策標語の嘘と詐欺、美辞麗句ぶりを見事なまでに嗤い、コケにしている。川柳は、国家のスローガンと国策標語の美辞麗句を許さない。「日本」「ニッポン」という虚偽のまとまりと調和、美辞麗句を嗤い、許さない。「日本人ならわかりあえる」はずもなく、逆に「日本人であるかぎりわかりあうことはできない」ことを、川柳はわれわれに教えてくれる。「日本」と「日本人」の嘘と詐欺を、正しく「終了」させることが、いまこそ必要であることを、教えてくれる。

川柳は、単なる言葉遊びではない。川柳における落書き、言葉遊び＝書き替えの精神は、権力の美辞麗句や巧言令色を換骨奪胎し、嗤い、その嘘と詐欺をあぶり出すことに向けられる。誇大で尊大で独善的な美辞麗句・巧言令色を、俗なる市井のものとかちあわせ、ひっくり返し、引きずり降ろすこと。「特定秘密保護法」と「うどん屋」、「日本」と「本日」。川柳は美辞麗句や巧言令色を許さない。国家のスローガンや国策標語の嘘と詐欺を許さない。感情に訴えることで真実を覆い隠す、小田嶋隆の批判する「ポエム」を許さない。

川柳は、スローガンでもなければ、標語でもない。広告や宣伝でもない。川柳は、洗脳や煽動とは相容れない。むしろ、洗脳や煽動そのものに批判と皮肉と嗤いを向ける。深い洗脳や煽動の眠りから、人々を覚醒させる。嗤いを作り出し、波風を立て、謀叛を作り出す。川柳は、反スローガン、反標語、反広告、反宣伝、反洗脳、反煽動の表現形式たらざるをえない。それらをキズつけ、意味や意図をひっくり返し、換骨奪胎し、転用し、書き替え、乗っ取り、愚弄し、嗤うことに命をかける表現なのだ。

嘘と詐欺とやらせが、すっかり日本を蹂躙し、席巻している。美辞麗句、巧言令色が大手を振っている。大本営発表が復活している。

川柳の時代がやってきた。

いまこそ川柳の力が求められている。

初夢は墨に塗られた年賀状

笑い茸

●初出「川柳　笑歌　笑い茸」No.34

（二〇一三年一二月）

作者は、レイバーネット日本川柳班からデビュー（4を参照）。特定秘密保護法公布を踏まえた作品。これからは毎年、墨で判読できない真っ黒な年賀状をわざわざ拵えて投函するのも一案だ。

鶴彬の川柳「**墨を磨る如き世紀の闇を見よ**」（一九二八年作）を想起させる痛快な一句。

笑い茸

オレオレと白い手袋振って去り

●初出「川柳　笑歌　笑い茸」No.28
（二〇一三年六月）

選挙カーから白い手袋にマイクで聴衆に呼びかける。世の中、嘘と詐欺と美辞麗句が花盛り。公約破り、マニュフェスト破りが花盛り。「オレオレ詐欺」の手本は政治家に決まっている。「白い手袋」は、まるで手品師か奇術師のよう。

22

直原那岐坊（岡山）

騙されてゐるに奇術へ手を叩く

●初出「川柳人」（一九三〇年四月）

作者の詳細は不明。八〇年以上前のものとは思えない作品。「アベノミクス」に手を叩くわれわれが、そこにいる。嘘と詐欺と美辞麗句がまかり通る日本の姿は、いまも昔もたいして変わらない。

近年、再び脚光を浴びている諷刺と諧謔の街頭演歌師・添田啞蟬坊の名作「ノンキ節」（一九七九年）にも、同じ嗤いが見て取れる。

「膨張する膨張する国力が膨張する　資本家の横暴が膨張する　おれの嬶ァのお腹が膨張する　いよいよ貧乏が膨張する　ア、ノンキだね」
「月給を二倍にしてあげましょう／税金も二倍にしてあげましょう／物価は三倍四倍にしてあげましょう／わたしの算術なかなかうまいでしょ／ア、ノンキだね」

ニッポンにニッポンという敵がある

乱鬼龍

●初出「冗談かわら版」第67号（一九九六年七月）

一九三四年、文部省国語調査会は、国号を「ニホン」ではなく「ニッポン」に統一する案を政府に提出した。当時、戸坂潤は『日本イデオロギー論』（一九三五年）で「ニホンと読むのは危険思想だそうだ」と皮肉を込めて書いている。

五輪招致のスローガンは「今、ニッポンにはこの夢の力が必要だ」。発音統制に逆らって、応援の際は「ニホン」連呼が名案。

「日本」をテーマにした乱鬼龍の川柳は他に「**若者にとうに日本の嘘が視え**」「**不平不満アナタ日本が討てますか**」「**ニッポンを討つ気はありや日本人**」など。

1

川柳は乱調にあり

「原発で手足ちぎられ酪農家」

福島第一原発事故から三か月後の二〇一一年六月一一日、相馬市副霊山《ふくりょうぜん》地区の酪農家が、「原発で手足ちぎられ酪農家」という辞世の句を牛舎の壁に書き遺して自殺しているのが発見された。原発事故により、生乳は出荷停止となり、牧草も汚染された。妻は子ども二人を連れて母国フィリピンに一時避難。牛舎に隣接する堆肥舎の壁には「原発さえなければと思います。残った酪農家は原発にまけないで頑張って下さい。仕事をする気力をなくしました」というチョークの書き置きが残されていたという。

原発で手足ちぎられ酪農家

これは、かつて国策に翻弄される民衆の怨嗟をテーマに、数多くの川柳を発表した鶴彬の代表作である、

手と足をもいだ丸太にしてかへし

を想起させる句といえる。一九三七年発表の作品。

「手と足をもいだ」と**「手足ちぎられ」**

五四歳で死んだ酪農家が、はたして鶴彬の句を知っていたかどうか、踏まえていたかどうか、川柳の愛好家であったかどうか。詳しいことはわからない。しかし、ここには言葉の選び方からして、鶴彬の句に込められているのと同じ国家への「怨嗟」が渦巻いている。受け入れがたい理不尽な現実を、それでもなお耐えて受け入れるしかない悔しさ、怒り、嘆き、悲しみ、憎悪、自嘲、怨嗟が、二つの句には共通して逆巻いているといってよい。

副霊山地区は旧満州引揚者らによって開墾された、戦後の新開拓地であった。旧満州移民と原発。日本人はいまも昔も、こうやって国策によって手と足をもがれ、ちぎられ、翻弄され、殺され、使い捨てられ、切り棄てられてきたし、これからも容赦なく切り棄てられていくのだ、ということがよくわかる。

文学の中でもっとも無名でマイナーなジャンルである川柳と、一九三八年に官憲によって殺され、川柳の世界でも長らく忘れられ、封印されてきた鶴彬という川柳作家が、こうした戦後開拓地の農民によってひそかに読み継がれ、生き残り、愛唱されているなどと誰が想像できたであろうか。まして、原発事故をきっかけに牛舎の黒板にチョークでなぐり書きされて出現＝回帰してくるなどと、はたして誰が想像しえたであろうか。

「詠む」と「吐く」

「手と足をもいだ丸太にしてかへし」

一九三七年七月七日の盧溝橋事件により日中全面戦争が勃発した、わずか三か月後の同年一一月に、「万歳とあげて行った手を大陸へおいて来た」「屍のゐないニュース映画で勇ましい」「胎内の動き知るころ骨がつき」などの句とともに柳誌「川柳人」に発表された、おそらく鶴彬の川柳の中で、もっともよく知られたもののひとつだといえよう。

もちろん、これは川柳だ。「詠う」ではしっくりこない。俳句とちがい、川柳は句を詠むことを「吐く」と呼ぶ。思いを吐く、弱音を吐く、息を吐く、言葉を吐く、唾を吐く、ゲロを吐くの「吐く」である。「吐く」にもさまざまなニュアンスが存在するが、その核には、やりきれない思いや、やり場のない感情、受け入れがたい理不尽な現実というものが潜んでいる。受け入れられる、呑み込める、納得できる肯定的な思いや事柄を「吐く」とは言わない。「吐く」は否定的な思いや、拒絶や拒否に関係する言葉だ。呑み込めないものを身体から吐き出す。呑み込んだものの、むかむかしてとてもじゃないが呑み込めないものを身体の外に追い出す行為。そこには、「いやだ」という拒絶や拒否とともに、批判や抵抗の意志が隠れている。

さらに、「吐く」は拒絶や抵抗の身ぶりであると同時に、拒絶や抵抗が不可能であり困難であることを暗示する身ぶりでもある。理解しがたい、呑み込めない、受け入れがたい理不尽な現実や思いを、それでもなおがまんして呑み込み、受け入れざるをえないところに「吐き気」は発生し、生まれる。抵抗や拒絶が不可能なとき、「吐き気」はとどまることなく常態と化す。吐いても、すっきりしない。吐いても吐いても、身体から受け入れがたい理不尽なものは出ていってくれない。呑む・呑まないの選択がありえない、もしくは許されない状況ゆえに「吐き気」が生まれ、川柳が生まれるのだ。

「吐く」は「詠む」にくらべ、直接的、生理的、感覚的で、身体的で、いかにも「洗練」から遠いもの言いだとみなされよう。同じ伝統短詩にもかかわらず、俳句や短歌にくらべ川柳が歴史的に蔑まされ、低く見られてきたのも、川柳がこのような直接的かつ身体に根ざしたもの言いを積極的に選び取ってきたことが、少なからず影響してきたにちがいない。しかし、だからこそ川柳というジャンルが背負うもの、担うものは、俳句や短歌とは根本的にちがうことを、それは暗示している。あたりまえのことではあるが、川柳には川柳だけができることがあるし、やらなくてはならないことがある。そこをきちんと評価することが重要だ。

隠語を堂々と言っちゃう、それが川柳

「詠む」ではなく「吐く」。「手と足をもいだ丸太にしてかへし」の句は、まさに吐き気のするような、吐くしかないような受け入れがたい理不尽さを吐いている。理不尽を、それでも黙って受け入れるしかない悔しさ、怒り、憎悪、自嘲、怨嗟の渦が、ここにはあふれている。

静謐な怒り。ひきつった微笑をたたえた怒り。笑いながら怒り、怒りながら笑う。笑いながら泣き、泣きながら笑うしかないような怒り。「してかへし」の五文字に、そうした行き場のない怨嗟の渦が凝縮されているといってよい。

「丸太」は、使いものにならなくなった廃兵を指す当時の隠語である。七三一部隊で実験台とされた捕虜を指す「マルタ」と同じ「丸太」である。これは軍隊内の隠語であり、軍隊の外で堂々と口にしていい言葉ではない。言ってはならない言葉。しかし、川柳はこの「言ってはならない」言葉を堂々と使う。手足をもがれて使い捨てにされ

た兵士、その命の軽さ、理不尽を象徴する隠語を、鶴彬はここで堂々と使っている。「英霊」や「軍神」や「名誉の負傷」などと国家がいくら美辞麗句や大義をならべ立てようが、民衆は誰もそんな言葉を信じているわけがない。陰では「丸太にされて帰ってきよった」と隠語をこそこそ口にしている。この言ってはならない、禁止されている隠語を堂々と使い、世に問うのが鶴彬であり、川柳という表現の本質といえるだろう。

丁重に扱うもの、かけがえのないものを「丸太」と呼んだりはしない。丸太は放り投げておくものだ。放り投げて転がしておいて、必要なら相手に拾わせるたぐいのものだ。大きいものなら、足で蹴って転がすだろう。放り投げて、まとめて積んでおくこともできる。管理がラクだ。放って蹴って転がせば、勝手に転がっていくから、運ぶのがラクで、遺族のもとにつき返すのも簡単だ。

同じく、手足をもがれた帰還兵を江戸川乱歩は「芋虫」（一九二九年）と名づけたが、血の通っていない、文字通り使い捨ての「材料」でしかない「丸太」という呼称は、軍隊というシステムの非情さと国家の狂気を、「芋虫」という呼称以上に容赦なく抉り出し、伝えている。

一九三八年、二つの「嘔吐」

この「吐く」「嘔吐」の感覚こそ、短歌や俳句と川柳を分かつ、もっとも大きな特徴である。頭や言葉よりも先に、身体が拒絶を示す。言語で整理するよりも身体が反応、応答することを余儀なくされてしまう「吐き気」「嘔吐」は、文学にとって本質的で重要な感覚といってよい。

ちょうど鶴彬が殺された同じ一九三八年という年に、フランスでジャン・ポール・サルトルが「嘔吐」と題して「吐き気」「吐くこと」をテーマにした小説を書いていることは、けっして偶然ではない。嘔吐こそ「存在の味」だと、サルトルは看破した。みずからの内に入り込んでいる得体のしれないもの、不気味なものが、そのまま吐き気となって込み上げてくる。自分の中から追い出したいものの正体が何であるか、よくわからないまま、吐き気だけが膨らんでいく。吐いても吐いてもすっきりしない、吐いても吐いても自分の中に入り込んだ得体のしれないもの、受け入れがたいものは出ていってくれない。あまりにも受け入れがたい理不尽な現実を際限なく呑み込まされるがゆえに、四六時中、吐き気にとりつかれ、それから解放されることがない。

鶴彬とサルトルが「一九三八年」で重なるなんて、偶然とはいえ出来すぎの感がある。しかし、「嘔吐」は二〇世紀文学の重要なテーマなのだ。二〇世紀は「吐き気」のする時代にほかならなかった。どんなに蔑まれようと、軽視されようと、無視されようと、まちがいなく川柳は二〇世紀文学の重要なテーマを背負うジャンルであったことは否定しようがない。

受け入れたくない理不尽な現実を受け入れまいと、サルトルと同様、鶴彬は懸命に拒絶し、吐き出そうとした。戦時下の一九三〇年代ゆえに、皮肉なことに、川柳というマイナーなジャンルは、文学の表舞台に登場し、輝いてしまったといえる。そしていまふたたび鶴彬と川柳が回帰＝復活しようとしている。それは不幸なことに、鶴彬の時代と同じく、受け入れられない理不尽な現実を、有無を言わさず強制的に呑み込まされる時代がはじまっていることを意味していよう。

短詩型文学の理不尽と怖さ

「手と足をもいだ丸太にしてかへし」は、まさに「吐き気」そのものを吐いた句であり、戦争と嘔吐の関係が、ここでのテーマといえる。

戦場から家族のもとに送り返された廃兵を前に、泣くことも、怒ることも、嘆くことも許されず、黙って、あたりまえのこととして受け入れるしかない。吐いても、吐いても解消されることのない「吐き気」が、この句には充満している。しかし、この句から浮かび上がる「吐き気」は内容とテーマにとどまるものではない。それは川柳という形式そのものにも向けられている。

この句はぴったりと五七五の韻律と一七字定型におさまっている。「収まっている」と表記すべきか、それとも「治まっている」あるいは「納まっている」としたらよいのか。収拾し、おさめる方法など想像もつかない怨嗟と感情の渦巻きが、わずか一七音字の定型の中に、かろうじておさめられ、封印されている。封印しがたいもの、理不尽なこと、受け入れがたいことをもすべて、それでも封印してしまう定型律の怖さを、同時に感じさせてくれる句ともいえる。定型と定型にならないもの、定型におさまるものとおさまらないものが、ここでは激しくぶつかりあい、いまにもその均衡が破れそうな気配を漂わせている。

短詩型文学は定型詩であるがゆえに、覚えやすく、暗唱しやすく、それゆえ人と共有できる長所がある一方で、どんなに受け入れがたいことをも「定型」におさめてしまう、見慣れた「風景」に押し込めてしまう、内容よりも形式が主役に躍り出てしまう、そんな理不尽さと怖さを秘めた文学でもある。戦争を「定型」という秩序におさめてしまってよいのか。おさめることなど不可能ではないのか。この句にあふれているものは、定型という秩序におさまるような感情ではないだろう。定型を破って、そこからあふれ出すしかないような感情を、それでもなお見慣れた定型に押し込めてしまう伝統短詩の理不尽と怖さ、矛盾のようなものが、この句からは強く感じられる。

川柳にとって定型律とは何か

鶴彬は定型律を「封建的桎梏」ととらえ、自由律にこそ川柳をはじめとする伝統短詩の未来があると主張した。これは、すでに短歌や俳句で試みられていた自由律形式や三行書き形式に倣う方向性であり主張であった。鶴彬は、自由律俳誌「層雲」から生まれたプロレタリア俳句や、反「ホトトギス」を掲げた新興俳句運動とともに、自由律の意味と可能性を模索しつづけた。しかしその一方で「真にすぐれた自由律作家は、同時にすぐれた定型律作家でなければならぬ」とも述べていた。

自由律が、定型律の否定に触発されるかぎり、その克服の道は、定型律桎梏の、現実的否定克服の方法にひらかれねばならぬ。それは定型律を清算的に放棄して、別個の自由律をはじめることではなく、定型律内部からの、格闘によって、それを破り高めねばならぬ。（「柳壇時評的雑感」一九三五年二月「川柳人」）

鶴彬にとって、定型律という「桎梏」は、まさに現実の「桎梏」の喩にほかならなかった。検閲をはじめ、自由にモノが言えない当時の言論上・現実上の「桎梏」と、伝統短詩における「定型」と「制約」は、彼にとって別々のものではなかったのである。言論・現実の「桎梏」を無視できないのと同じように、伝統短詩の「桎梏」と「不自由」を軽くみるわけにはいかない。現実的な「桎梏」の中で、その桎梏から目を離さずに、なおも「桎梏」そのものを破砕する表現を模索しつづけなければならないのと同じく、「定型」と「不自由」から目を離さずに、なおも「定型」と「不自由」そのものを破砕する川柳を鶴彬は模索しつづけたのである。

「われわれは一先ず定型律へ立ちかえる必要がある。それは定型へ屈服するためではなく、定型を内部から虐使し、これによって、ときには徐々的に、ときには急速的な、伸展性に富んだ方法をもって自由律への道を招く」ためだと、鶴彬は主張する。「定型」と「桎梏」を軽視せず、しかし屈服もせず、徹底的に「虐使」することで、それを内部から乗り越えようと試みる。「手と足をもいだ丸太にしてかへし」という句は、そうした困難な格闘を象徴する作品であるように思われる。

川柳は乱調にあり

「征服の事実がその頂上に達した今日においては、諧調はもはや美ではない。美はただ乱調にある。諧調は偽りである。真はただ乱調にある」（「生の拡充」）と大杉栄が書いたのは、一九一三年七月（「近代思想」）のことであった。

美は乱調にあり。

この有名な言葉の背景には、一九一〇年の大逆事件と韓国併合という、二つの「征服の事実」が踏まえられている（「生の拡充」は、同年六月に同じく「近代思想」に掲載した自身のエッセイ「征服の事実」の引用からはじめられている）。大杉は、二つの「征服の事実」から目をそらし、見ないふりをして狸寝入りを決め込む芸術をすべて偽り＝遊びだと退けた。強いものが弱いものを蹂躙し、奪い取り、服従させる国家とその秩序を、認めるわけにはいかない。諧調＝秩序を乱すことなく、その中でまどろむわけにはいかない。諧調を破壊せよ。乱調を作り出し、響かせよ。「征服の事実」を明視し、乱調に身を委ねるところに生まれる「憎悪美と反逆美との創造的文芸」の必要を、大杉は力説したのである。

鶴彬の登場は、大杉が虐殺された翌一九二四年である。諧調と乱調の関係は、五七調定型律と自由律の関係とぴったり重なる。「定型」と「桎梏」を軽視せず、しかし屈服もせず、徹底的に「虐使」することで、それを内部から乗り越えようとした鶴彬の川柳は、まさに「乱調の美」そのものであったといってよい。

川柳は乱調にあり。

川柳とアナキズム、川柳と大杉栄といえば、あまりにも唐突に聞こえるかもしれないが、しかし、両者にはじつは深い接点がある。何より忘れてはならないのが、大杉と親交のあった白石維想楼というアナキスト川柳人の存在である。川柳中興の祖と呼ばれる井上剣花坊の柳樽寺川柳会の同人となり、「大正川柳」「川柳人」の編集長として新興川柳の発展を支えたひとりである。

白石維想楼、本名朝太郎（戸籍名は浅太郎）。一八九三年東京生まれ。年譜によれば、白石は、築地活版所、国文社、毎日新聞、都新聞、萬朝報の文選工として働きながら、一九一九年と二〇年、印刷工の産別労組「革進会」「正進会」のストライキに参加している。当時両組合は、大杉が指導するアナルコサンディカリズムの牙城であった。白石は、すでに一九一四年頃から大杉と交流があり、詳細は不明だが、一九一三年に大杉が荒畑寒村《あらはたかんそん》とはじめた月二回開催の「サンディカリズム研究会」に顔を出していた可能性がある。大杉を通じて、頭山満《とうやまみつる》やエロシェンコとも親交を深めていたようだ。一九二〇年の日本社会主義同盟結成にも名を連ね参加している。

白石維想楼は、現在のところ、大杉栄と川柳の間に残り、判明している、ほとんど唯一の接点である。

白石の作風は、とても暗い。底知れぬ自虐的な暗さと、得体のしれない凄味を漂わせた作品を数多く発表している。川柳にかかわるものとしての、不敵な覚悟と矜持のようなものが感じられる川柳作家である。鶴彬が柳樽寺川柳会に入会した前後に退会してしまったが、その作風は、間違いなく鶴彬に大きな影響を与えている。

手袋のための手なのか指五本

生まれれば死ぬまでは犬も生きてゐる

口先の巨人畳の上で死に

殺される値打ちを持って蛇は生き

口を訊いたらば殺されるかも知れぬ闇

短詩革命運動の時代

鶴彬をはじめとする川柳作家たちのみならず、一九三〇年代に活躍した新興俳句の詩人たち、さらにプロレタリア俳句や短歌の人たちは、共通して短詩型文学の理不尽と怖さを理解し、その「桎梏」と「不自由」を乗り越えようと努力していた。諧調にまどろむことなく、乱調に身を委ねようとしていた。

たとえば新興俳句に目を向けると、ちょうど一九三一年一〇月に、水原秋桜子《みずはらしゅうおうし》が主宰誌「馬酔木」に「自然の真と文芸上の真」を発表し、高浜虚子《たかはまきょし》の「花鳥諷詠」「客観写生」を否定し、伝統俳句の牙城である「ホトトギス」からの独立を宣言している。これ以後、全国に反「ホトトギス」＝新興俳句運動が拡大していったことはよく知られている。一九三三年一月には、無季俳句を提唱して新興俳句運動の拠点のひとつとなる「京大俳句」が創刊されている。一九三四年一月には、プロレタリア俳句の栗林一石路《くりばやしいっせきろ》、橋本夢道《はしもとむどう》らが「俳句生活」を創刊。五月には吉岡禅寺洞《よしおかぜんじどう》が無季俳句の容認を宣言している。一九三五年一月には、「京大俳句」と並ぶ新興俳句運動の拠点のひとつである日野草城《ひのそうじょう》主宰の俳誌「旗艦」が創刊された。当時、俳句は俳句そのものの内部で激しい分裂と対立の様相を呈していたのである。

　このように、伝統短詩を支える五七調、定型律、花鳥諷詠、歳時記や季語の秩序、日本的抒情、家制度、世襲主義を疑うところから、短詩革命運動もプロレタリア短詩運動もはじまっていたのである。短詩型文学につきまとうこうした権力からどう身を解き放ち、どう批判的に乗り越えるのか、という問題意識に彼らは共通して向き合っていたことを忘れてはならない。短詩型文学の可能性と不可能性が鋭く問われた時代、諧調と乱調とが激しく闘争をくりひろげた時代、それが一九三〇年代にほかならなかった。

今日、あらためて川柳をはじめ短詩型文学について考え、その回帰＝復活の意味を考えることは、たんに川柳や短詩の復興を手放しで歓迎すればいいという話ではなく、こうした過去の問題意識を今日どう批判的に継承し、発展させていくのか、をあわせて考えることが求められているといえるだろう。

川柳の時代がやってきた

牛舎の壁に記された辞世の句が、何ゆえ定型と韻律を踏まえた五七五韻律一七音字の川柳でなければならなかったのか。

鶴彬が治安維持法違反容疑で検挙され、獄死してから七六年。ふたたび川柳の時代がやってきた。呑み込めないことを、強制的に呑ませる時代が、ふたたびやってきた。受け入れられないことを、それでもなお力ずくで受け入れさせる時代がやってきた。権力によって口を強引に押し開けられ、理解しがたい、理不尽な現実を放り込まれ、呑み下すことを強制される時代が、ふたたびやってきた。

原発は「嘔吐」の源泉である。福島第一原発事故は、七六年前の過去から、鶴彬と川柳の亡霊を叩き起こした。

川柳は乱調にあり。

川柳の時代がやってきた。

いまこそ川柳の力が求められている

おばあちゃん国策二度目の逃避行

伊東功

●初出『原発事故の川柳400
脱原発「福島からの風」』
（二〇一二年九月）

作者は元福島県職員。原発事故直後から川柳作りに励み、これを自費出版した。収録された四〇〇句すべてに作者の短い解説・コメントが付く。この句には「変わったのは、歩行が車になっただけと満州からの引揚者。再び全てを失う」とある。

福島県平和フォーラム代表・五十嵐史郎が「原発事故川柳の発刊に寄せて」という印象深い一文を同書に寄せている。

「川柳は短い言葉で物事の本質といわれていますが、伊東さんがつくられた原発事故にかかわる川柳は、まさに原発事故の本質や実態を鋭く表すものばかりです。国や東京電力が対称的に長々とした説明とまわりくどい難解な言葉を使うのは、物事の本質をごまかすためであることがよくわかります」。

なぜいま短詩型文学・川柳なのか、という疑問に対する、これ以上ない明快な解説である。

一山も一瞬にして一文に

伊東功

●初出『原発事故の川柳400
脱原発「福島からの風」』
(二〇一二年九月)

ここから、もう一句。作者のコメントには「白河以北は一山一〇〇文の明治維新。二束三文にもならず」とある。

福島は自由民権運動が盛んで、三春町を中心に民権結社は五〇社を数えた。海上を通じて自由民権運動の牙城・高知との交流も盛んであった。三春町から河野広中、浪江町から苅宿仲衛といった運動家が誕生している。

原発事故以後、長らく埋もれ、封印されてきた福島の抵抗の歴史に、あらためて光があてられようとしている。

悔しさを十七文字に遺し逝く酪農家

笑い茸

●初出「川柳　笑歌　笑い茸」№5
（二〇一一年夏）

辞世の句「**原発に手足ちぎられ酪農家**」を遺して自殺した相馬市の酪農家に贈る返歌。

2

川柳・原発・落書き

原発標語に覆い尽くされた街

原子力郷土の発展豊かな未来

原子力明るい未来のエネルギー

原子力正しい理解で豊かなくらし

ゴーストタウンと化した福島県双葉町の路上に、いまも掲げられ放置されたままになっている原発標語の数々である。日本が国策として掲げてきた「原子力の平和利用」の皮肉な結末の象徴として、福島第一原発事故以来、日本のみならず海外のメディアでもくりかえし取り上げられ、紹介されていた。フォトジャーナリストの綿井《わたい》健陽《たけはる》は、事故後に双葉町を訪れ、この原発標語を目にしたときの印象を「それはまるでアウシュビッツ収容所の入口にある『労働は自由をもたらす』の標語のようだった。ブラック・ユーモアを通り越して、寒気を感じた」とブログ（「逆視逆考PRESS」）に記している。

標語は道路を横断する巨大なゲートに記され、車で双葉町に入れば何か所かで必ず遭遇し、その下を潜り抜けなければならないようにできている。おそらく、運転しながら道路案内標識を見上げるのと同じように、ゲートの標語を見上げ、確認するように計算されて設置してあるのだろう。運転者が見るか見ないか、読むか読まないか、おそらく選択の余地はない。必ず見上げるように、読み上げるように、したがって何度もくりかえし目に入るようにできているのだろう。それは外からの来訪者に向けた宣伝というよりも、双葉町の住民自身に向けられた呪文のようだ。住民自身がみずからに言い聞かせるための呪文。異論や反対に怯え、それを封印し、遠ざけるための呪文。

原発は社会から異論や反対を駆逐する

原発は異論や反対をいっさい想定しないシステムだ。事故が起きれば「終わり」の原発にとって、異論や反対はあってはならないし、許されない。事故が起きてなお「低線量の放射線はむしろ体にいい」などという詐欺的屁理屈を東電の顧問が大新聞で堂々と言い募って羞じないところに、原発の本質がもっともよくあらわれている。それが福島県の住民を全員県外に避難させないですませるための口実であり屁理屈でしかないことは、あらためて指摘するまでもない。

原発は、不測の事態に陥っても、「何も起きていない」「ただちに影響はない」「アンダーコントロール」と嘘と屁理屈を重ねつづけるしかない無事故・無事件的なシステムなのだ。「やらせ」や「嘘」や「詐欺」なんて序の口だろう。というよりも原発は「やらせ」や「嘘」や「詐欺」なくして成立しようがないシステムなのだ。誠実に情報開示する原発は、原発ではない。無事件的な原発は、カタストロフを未来へ先送りにする。

原発は社会から異論や反対をすみからすみまで駆逐し、同意と同調だけを募り増殖させていく。それは異論や反対を許さないだけでなく、同意や同調を乱すものに過剰なまでに怯え、それを徹底的に殲滅しようとする管理のシステムといってよい。嘘臭い標語で覆われた双葉町の姿は、このシステムがいかに異論や反対を恐れているか、いかに異論や反対をこれまでとことん殲滅してきたか、を物語っていよう。

教育が支える戦争と原発

双葉町の標語の作者は小学生。いまから二〇数年前に町が主催した標語コンクールに、学校全体で取り組み応募したのだという。

国策の洗脳は、いまも昔も子どもを動員して「教育」が下から支える構図に変わりはない。太平洋戦争下の有名な標語「欲しがりません　勝つまでは」も大政翼賛会が国民に募った戦争スローガン・国策標語であり、作者は同じく小学生、国民学校の生徒だった。（父親が作者との説もある。）

学校における伝統短詩の韻文教育は、いまも昔も、ご都合主義な国策標語をひねり出すことに貢献しているのである。国民精神総動員標語「建設へ　一人残らず　ご奉公」「国策に　理屈は抜きだ　実践だ」など当時のスローガンは、皮肉なことに今日、原発推進標語として転用可能、十分リサイクルに堪えうる普遍性を有しているといってよい。

実際、国策標語で覆い尽くされた世界は、かつて街中が標語で覆い尽くされた戦時下の日常、「銃後」の風景を想い起こさせる。

贅沢は敵だ（一九四〇年、国民精神総動員本部）

「足らぬ足らぬ」は工夫が足らぬ（一九四二年、大政翼賛会、朝日、読売、毎日）

撃ちてし止まむ（一九四三年、陸軍省）

産めよ殖やせよ国の為（一九三九年、厚生省予防局民族衛生研究会）

恥ぢよ結核　一等国（一九三六年、台湾結核予防協会）

一億一心　銃とる心（一九三七年、和歌山県）

屠《ほふ》れ英米　我らの敵だ（一九四一年、大政翼賛会）

進め一億　火の玉だ（一九四一年、大政翼賛会）

結核ない国　強い国（一九四一年、台湾結核予防協会）

国が第一　私は第二（一九四一年、日本カレンダー株式会社）

拓《ひら》け満蒙！　行け満洲へ！（一九三七年、満州移住協会）

当時「贅沢は敵だ」の看板だけでも東京中に一五〇〇本近く立てられたといわれている。「撃ちてし止まむ」を掲げたポスターにいたっては、貼り出された枚数は五万枚にも上る。戦争は原発と同じく、異論や反対の存在しない、同意と同調だけで成り立つ世界を現出させる。異論や反対に怯え、同意や同調を乱すものが存在すればとことん殲滅する、それが非常時であり、国民総動員体制にほかならない。だから、戦局が膠着していくにしたがって、次々と標語は乱発され、街は標語だらけになる。戦争も原発も標語を必要とし、乱発する点において変わりはない。

国策標語と落書き

標語は不安と怯えの裏返しである。標語で街が埋め尽くされれば、当然、異論や反対への監視はいっそうエスカレートする。当時の特高による監視やチェックは便所の落書きにまで及んでいたことはよく知られている。言論が封鎖され、情報が一元化された戦時下において、路上の落書きは異論や反対や批判にかろうじて触れることのできるほとんど唯一の場であり、その宝庫であった。落書きのない清潔な街というものがどれだけ異常な空間であるか、落書きがいまも昔もなぜ犯罪視されるのか、一度このあたりからきちんと整理し議論し直す必要があるだろう。

路上の落書きは、消される。特高による偏執狂的な記録は別として、一般的に文献や記録として残りにくい一回的なものだ。それは偶然目撃した通行人（読者）だけの特別な体験になる。今日残されている戦時中の落書きに関するエピソードや伝説は、読者の記憶と伝聞によって語り継がれたものがほとんどである。その中でもとりわけ有名な落書きは、国策標語やスローガンにまつわるものだ。

国策標語のポスターや看板への落書きといえば、「贅沢は敵だ」に残された落書きのエピソードがよく知られている。川柳とは何か、を論じるときしばしば引用される伝説の落書きである。「贅沢は」の下に「ス」の字を入れると、に変身する。

贅沢はス敵だ

標語そのものを抹消するのではなく、それを踏まえ活かしながら、わずか一文字書き足すだけで標語の意味や意図を一八〇度反転させ、乗っ取る落書きである。

看板だけで一五〇〇本もの数を誇る標語は、その誇大な数ゆえに、一文字の落書きによって、その意味と権威をすべて一瞬にして失うだろう。弱いものの強いものに対する、少数による多数との戦い方、抵抗の方法がここにある、といってよい。押し付けがましい、うざい権力の言葉を、そのまま放置しないで、キズを付けて相手に叩き返してやること。誰もが知っている国策標語に加えられた街頭の落書きは、通りすがりの人たちの目にとどまり、笑いの渦を巻き起こすだろう。「贅沢はス敵だ」の伝説は、まさに通りすがりの人たちによる笑いの渦からはじまり、語り継がれていったにちがいない。

同じことは、「工夫」の「工」の字だけを「×」で消すことで、

「足らぬ足らぬ」は工夫が足らぬ

という標語を、

「足らぬ足らぬ」は~~工~~夫が足らぬ

というように書き替えたと伝えられる落書きにもあてはまる。

「×」を書きつけるだけで、男がほとんどいない、「夫が足らぬ」銃後の歪な風景が見事に浮かび上がる。街頭の落書きには、民衆の不満と不同意とムカつきが渦巻いている。ふだんは口にできず見えないが、ひとつの落書きによって、それがすべて浮かび上がってしまう。街頭には、そして世界には不満があふれかえっている。それを可視化させる表現こそが落書きなのだ。誰もが批判や不満をメディアに発表したり、表明したりできるわけでもない。街頭こそ、民衆のメディアであり、キャンバスにほかならない。

余談だが、以前大学の講義で、ある学生（女学生）に、「贅沢は敵だ」にどんな文字をひとつだけ書き加えれば、その意味を逆さまにし、愚弄できるか、と尋ねたら、意想外な落書きの返答が返ってきて驚いたことがある。どんな落書きだったか？

川柳は路上の落書き

標語と落書きの関係について考えるとき、忘れてはならないのが川柳というマイナーな文学ジャンルである。鶴彬はプロレタリア川柳作家として、路上を占拠する標語に狙いを定め、落書きと同じようにそれを書き替え乗っ取るような川柳作品をいくつも発表している。

彼の有名な川柳に、一九三七年に発表された、

タマ除けを産めよ殖やせよ勲章をやろう

という句がある。

これは戦時下の兵力不足を補うために「多産報告」を国民に呼びかけた厚生省の標語「産めよ殖やせよ国の為」を踏まえ、その頭に「タマ除け」を、後ろの「国の為」を消去して「勲章をやろう」を書き加えた作品である。誰もが見慣れている標語を踏まえ活かしながら、ほんのちょっとしたいたずら書きを加えるだけで、標語の意味と意図を一八〇度ひっくり返し、それが隠し持っている意味と意図を鮮やかに暴き出すことに成功している。次々と人間を使い捨てにする戦争と、そうした使い捨てを許し可能にする「勲章」制度の忌まわしさに、この句は皮肉たっぷりに光をあてている。勲章は民衆を飼い慣らし、不平不満を抑え込み、われわれを黙らせるエサのようなものだ。

ここではさらに、「タマ除け」になる階級と、それによって守られる階級、つまり殺される人間と殺されない人間があらかじめ決まっているのだということが同時に取り上げられている。殺される階級は見えるが、殺されないですむ階級は、その陰に隠れて見えない、だからそれを見えるように引きずり出してやるのが、川柳の使命なのだと考えている節がある。殺されることが決定済みの階級を、眺めて薄笑いを浮かべている、隠れてあざ笑っている階級を引きずり出してやろうとしている。権力にケンカを売っている、怒らせようとしているのだ。

川柳は「落書き」である。

ただし、このことを否定的にとらえてはならない。

権力が押し付けてくる標語やスローガンを逆手にとってやろう、換骨奪胎してやろう、愚弄してやろう、という精神こそが川柳であるなら、それは必然的に落書きになり、パロディーにならざるをえない。

鶴彬における川柳の手法

「タマ除けを産めよ殖やせよ勲章をやろう」が、実際に路上の看板かポスターに記された落書きをそのまま書き写し、転用したものであったかどうか、定かではない。鶴彬が考え出した落書きであったか、それとも鶴彬が路上で偶然出会った他人の落書きであったのか。

しかし、少なくとも鶴彬にとって、路上を占拠する忌まわしい標語、美辞麗句だらけのスローガン、詐欺的な広告などは、そのまま落書きもキズもつけずに放置しておくにはもったいない貴重なネタの宝庫であった。不特定多数の通行人が目にすることを狙って掲げられている標語であるからこそ、黙ってそれをそのまま放置してやり過ごすわけにはいかないし、やり過ごすのはもったいない。おそらく鶴彬にとって路上に刻まれた無数の落書きを拾い集め編集することも、貴重な川柳創作活動の一部にほかならなかった。「今日民衆の飢えているものは実に川柳の如き街頭の芸術であり、批判の芸術である」と述べていた鶴彬にとって、川柳とは路上の落書きのようなものであったといってよい。

このように、鶴彬の川柳は、街頭を占拠する韻律を踏まえた五七調のスローガンや標語や広告コピーの恐ろしさ、その嘘と詐欺とやらせのレトリックを換骨奪胎させるところに成立した表現であり、方法であった。

一五年戦争の拡大とともに、いわゆる「銃後」の街頭はスローガンと標語と広告コピーで埋め尽くされた。大日本帝国は、スローガンと標語と広告コピーのメッキで塗りかためられた嘘と詐欺と偽装の帝国であった。標語は国民に戦争を呼びかけ、戦争に動員し、戦時体制を組織するために不可欠な道具だ。スローガンや標語や広告コピーの嘘と詐欺とやらせなくして、大衆を煽り、熱狂させ、騙し、欺き、洗脳し、動員し、目と口を塞ぐことはできない。大衆がくりかえしくりかえし日常的に、街頭で、あらゆるメディアを通して、無防備にさらされ、強制的に浴びせられる詐欺的な美辞麗句、それが猛威をふるう場に、川柳と鶴彬ほど目を離すことなく、異化的に介入しつづけた詩のジャンルと詩人は、ほかにないし、いない。反語的皮肉、イロニーを核に持つ川柳ほど、スローガンや標語や広告コピーの宣伝性と煽動性から遠いジャンルはない。

川柳は反標語、反広告、反宣伝、反コピー、反洗脳、反煽動の表現形式

川柳は、俳句や短歌と並ぶ伝統短詩のひとつである。しかし川柳はいまも昔も、一

部の古川柳を除き、検定教科書に取り上げられたことはなく、教育そのものから締め出されてきた。

国策標語を作るために動員される伝統短詩の韻文教育に、川柳が入り込む余地はない。批判と皮肉と嗤いと悪口と穿《うが》ちを生命とする川柳が、異論や反対を駆逐し同意と同調を強要する国策標語と、そもそも相容れるわけがない。むしろ川柳は、国策標語のために動員される伝統短詩の定型と韻律そのものに批判と皮肉と冷笑の目を向ける。日本語の定型や韻律を踏まえ活かしつつ、定型や韻律そのものを批判し、冷笑し、穿つジャンルといってよい。定型や韻律のほかに俳句や短歌に桎梏のようについてまわる歳時記や季語や花鳥風月や日本的抒情とも川柳は無関係であり、同じく批判と冷笑の目を向ける。

川柳は、ほんらい広告コピーや宣伝や洗脳や煽動とは、まったくもって相容れない。川柳はいっかんして反標語、反広告、反宣伝、反コピー、反洗脳、反煽動の表現形式である。むしろ、それらをキズつけ、意味や意図を換骨奪胎し、転用し、書き替え、乗っ取り、愚弄することに命をかける表現にほかならない。

忌まわしい、煽動的な五七調のスローガンや標語や広告コピーを、同じく五七調の一七字川柳に書き替えてしまうこと。韻を踏まえ、簡潔で覚えやすく、情緒に訴える、命令調の国策標語を、同じく韻を踏み、簡潔で覚えやすい、暗唱しやすい川柳形式に書き替えて、叩き返してやること。それが何より川柳であること、川柳にすることの意味であり、川柳というジャンルの意味であり可能性であるといえるだろう。

石原青竜刀「落書きも支那は一首の詩をしるし」

石原青竜刀の川柳に、

落書きも支那は一首の詩をしるし

という有名な作品がある。

街頭に記された中国の風刺落書きは、一首の詩、すなわち五言絶句や七言律詩の形式をとるというのである。石原は、戦前、天津総領事館、のちに満鉄に勤務する傍ら、天津・大連の川柳会を組織し、ジャーナリストとしても活躍した異色の川柳人である。

非識字率が高かった当時の中国では、街頭は、集団で文字に触れ、読み、書き、学ぶ書物であり、黒板であった。実際、魯迅を筆頭に、一九三〇年に上海で結成された文化芸術統一戦線である中国左翼作家聯盟（左聯）には、壁芸術家の一隊が組織されていた。街頭に文字を書く場所さえあれば、邸宅の壁、広告の看板、電柱、デパートのショーウィンドーであろうとどこであろうと、ペンキや墨汁、白チョーク、木炭で、詩や漫画や告示や通信が書き記されていった。この句は、こうした当時の新しい革命文学の動向を踏まえている。いかにも戦後に川柳非詩論を提起し、川柳呼称の改称（「諷詩」）を目指した石原青竜刀らしい批評的洞察に満ちた川柳作品ではないか。

落書き五言絶句や七言律詩に相当する日本の風刺落書きこそ、一七音字の川柳にほかならない。落書きも日本は一句の川柳をしるし、である。「産めよ殖やせよ国の為」を「タマ除けを産めよ殖やせよ勲章をやろう」に書き替え、換骨奪胎して叩き返してやること。日本には川柳があるではないか。きっと鶴彬ならば、そう石原の川柳に応答したにちがいない。

原発は落書きを恐れ、監視し、許さない

原発は社会から異論や反対を排除し、それを許さないシステムである。社会のすみずみまで、異論や反対の入る隙間なく、同意と同調を行き渡らせる。それゆえ異論や反対を偏執狂的なまでに恐れ、監視する。

原発は落書きを恐れ、監視し、許さない。原発は落書きのない街を日本中に現出させる。新自由主義の治安管理理論である「割れ窓理論」を楯に、ビラや落書きを犯罪視し駆逐しながら、この数十年、われわれは落書きのない世界＝原発標語のある街を不思議とも感じないで受け入れてきた。

原発標語のゲートは双葉町のみならず、日本中いたるところに掲げられているのだ。企業ブランドの広告とロゴに占拠されたグローバル都市東京の風景は、原発標語のメッキで覆われた双葉町の風景と表裏一体というべきだ。消費を煽る、一方的で偏っ

たメッセージを毎日強制的に読まされ、浴びせられる新自由主義の街頭の風景が、原発標語を毎日強制的に浴びせられる双葉町の街頭の風景と、どうして違うなどといえようか。

原発は、新自由主義と同じく、詐欺的な標語と広告とロゴなしには成立不可能なシステムといってよい。日本列島に原発が五四基も乱立するにいたったこの四〇年あまりは、「企業」と「市場」と「資本主義」と「対テロ戦争」が、異論や反対を駆逐しながらひとり勝ちを謳歌し、暴走していった時代にほかならなかった。原発と新自由主義は手と手を携え、支え合ってきたのだ。

そこに鶴彬が復活した。川柳がよみがえった。

広告を書き替え・乗っ取るカルチャー・ジャム

世界の反グローバリズム運動を紹介したナオミ・クラインの『ブランドなんか、いらない』（新版、二〇〇九年、大月書店）には、街頭やネットやメディアを我が物顔に占拠する企業の広告を書き替え・乗っ取るカルチャー・ジャムと呼ばれる落書き運動が紹介されている。戦時下の落書きや鶴彬の川柳と同じく、国家のスローガンや宣伝、企業の広告コピーを、そのまま放置するのではなく、書き替え、意味や意図を一八〇度ひっくり返し、転用し、乗っ取ることを目指す運動である。「もし企業の発する騒音が、私たちの声をかき消すほど大きくなれば、いかに言論の自由が保障されようとそれは意味をなくすということだ」とカルチャー・ジャマーたちは主張する。

公共空間は国家や企業の占有物ではない。住民や通行人は、一方的に消費を煽られ、ご都合主義なメッセージを、反論も批判も抵抗も許されないまま強制的に浴びせられる。受動性を強いられ、空間の占有とともに自由を奪われている住民や通行人には「看板を買い取って企業広告に対抗する金などない。だから、彼らには強制的に見せられるものに抵抗する権利がある」というのだ。たとえば、次に紹介されている戦略的な広告／広告の戦略性は、まさに双葉町が何ゆえ原発標語で覆い尽くされねばならないか、それについて考えるヒントを与えてくれる。

ロドリゲス・デ・ゲラーダは、これまで3回、逮捕に来た警官と話をしたそうだ。「『見て、これを見てよ。どうなるか見ててよ。なぜ僕がこんなことをしているか説明させてよ』と僕は言ったんだ」。彼は警官に、いかに貧しい地域にタバコと酒の広告看板が集中しているかを説いた。その広告が、つねにヨット、スキー、ゴルフをモチーフとし、ゲットーから逃げ出したくて必死の子どもたちに、中毒性のある商品をいかに売り込もうとしているかを。無責任な広告主とは違い、彼は自らの活動が、政治や公共空間についての地域の議論の一部になることを望む。

とりわけスポーツは、貧しい地域に中毒性のある原発を売り込み、押し付けるために最大限利用される。福島第一原発から二〇キロ圏内に位置するサッカーのナショナルトレーニングセンター・Jビレッジは東京電力の寄贈施設である。「ゲットーから逃げ出したくて必死な子どもたち」に、無責任な「明るい未来」や「サクセスストーリー」の白昼夢を見せつけるには恰好の施設だろう。そんなJビレッジが現在は閉鎖され、事故対応の拠点施設に転用されているというのも、皮肉を通り越してやりきれない話というしかない。

岡本太郎の壁画「明日の神話」乗っ取り事件

こうしたカルチャー・ジャムの運動を踏まえた若手美術家集団「Chim↑Pom（チンポム）」が、原発事故後の二〇一一年五月、東京渋谷駅の構内通路に掲げられている岡本太郎の巨大壁画「明日の神話」に「いたずら」を加えて、後に軽犯罪法違反（はり札）容疑で書類送検された事件は、原発と落書きの現在について、なぜいま鶴彬と川柳が再評価されるのかについて考えるうえで興味深いパフォーマンスであった。

「明日の神話」は横三〇メートル、縦五・五メートルの壁画。一九六九年にメキシコで制作されたものの、その後行方不明になり、二〇〇三年に発見され修復を経て渋谷駅に永久掲示されることが決まった伝説の壁画である。ヒロシマとナガサキから、一九五四年三月にビキニ環礁で起きた第五福竜丸事件にいたる「被ばく」がテーマの壁画＝歴史絵画である。原水爆が炸裂した瞬間に発する巨大な力とエネルギー、核への驚異と戦慄と恐怖と感動を、そのまま巨大な壁面いっぱいに叩きつけたような画である。ここでは画面の「大きさ」が、原水爆の力の「大きさ」をストレートに反映している。おそらく原水爆の「巨大」さこそが、ほかでもない壁面という「巨大」さを必要としたにちがいない。

「いたずら」は、壁画の右下部の空きスペースに、爆発して骨組みだけになった福島第一原発の四つの原子炉建屋から髑髏の煙が立ち昇る、縦一メートル、横二メートルほどの絵をテープで貼り付けたものだ。壁画の原画には直接手が加えられていない。おそらくテープの痕跡がなければ、誰もが付け足した絵を原画の一部だと錯覚したまま素通りしていただろう。それくらい色彩も絵柄もトーンも原画の延長のようで、見分けがつかない。普段から壁画をよく観察し、見慣れていないと付け足した絵に気がつかないし、見過ごしてしまうような「いたずら」だった。

「原水爆」と「原発事故」を接続させる

「いたずら」は、「明日の神話」に福島第一原発事故の「被ばく」を書き足すことで、一九五四年で止まっていた壁画の時間をいっきに更新させる試みであった。壁画のテーマである「原水爆」を、「福島第一原発事故」と接続させること。「明日の神話」がメキシコ壁画運動の影響を受けた歴史絵画である以上、歴史を画面上あるいは画面に接続させる形で更新させ追加していく試みに異和感はない。

メキシコ革命の担い手であった土着インディオの壁画世界に目を向けることからはじまったメキシコ壁画運動は、文字が読めない民衆やインディオやメスティーソがみずからの「歴史」と出会い、「革命」に参加するための大きな契機を作り出すことを目的に、屋外に展示し、集団で制作に参加し、集団で鑑賞できる絵画のあり方を実現しようとした運動であった。それはタブロー画と芸術の私的所有と作者神話を前提にしている西欧モダニズムを、あわせて批判的に乗り越えようとする運動にほかならなかった。

歴史＝時間を更新し付け足すという落書き的な想像力は、屋外＝路上に掲げる壁画だからこそ、絵画が公共のものであるからこそ、当然生まれてくる発想なのだ。壁画は、その前を通行し生きる通行人（読者）の歴史を提示するものであると同時に、その歴史に参加することを促す、もしくは歴史に参加することができるのだという希望を提示する読者参加型、集団制作的な芸術なのである。

「原水爆」と「原発事故」を接続させることで、われわれがどこから来て、いまどこにいるのか、そしてこれからどこへ行くのか、をChim↑Pomの「いたずら」は通行人に提示し、訴え、問いかけようとした。

岡本太郎と「原子力の平和利用」というスローガン

福島第一原発事故は、原水爆への反対が、必ずしも原発への反対につながってきたわけではない、原子力をめぐる苦い戦後の矛盾をわれわれに突き付けた。原水爆には反対だが、近代化をスローガンに豊かな未来を手に入れるためには「原子力の平和利用」が不可欠だという理屈こそ、原発を受け入れ推進する根拠とされてきたのだ。もちろん「原子力の平和利用」という美辞麗句は、アメリカが核兵器を保有することを正当化するために提唱した詭弁に過ぎなかったことは、いまここであらためて強調するまでもない。

岡本太郎は原水爆の絵は残したが、原発の絵は残していない。岡本太郎が「原発」をどう考えていたか、「原子力の平和利用」というスローガンをどう評価していたか、定かではない。岡本太郎が「太陽の塔」を展示した一九七〇年の大阪万博が、当時運転を開始した敦賀原発と美浜原発による電力で運営された、「原子力の平和利用」の宣伝祭典でもあったことを考えるとき、「太陽の塔」と並行して制作された「明日の神話」における「原子力」というテーマを、われわれはどう受け取り、解釈すればよいのか。「明日の神話」における「原子力」が、「原子力の平和利用」と必ずしも矛盾するとはかぎらない、そのような解釈も十分成り立つことを、Chim↑Pom の「いたずら」は、逆説的にはあるが、浮かび上がらせたといえる。

「明日の神話」とChim↑Pomの「いたずら」のあいだには、いくら画調を似せてもテープの痕跡で付け足したことがばれてしまったのと同じ「ほころび」と「断絶」が存在している。「原水爆」と「原発事故」の接続を試みながら、ふたつが必ずしもスムーズにつながるとは限らない「核」をめぐる苦い戦後の矛盾と、そこから容易には抜け出せないもどかしい現在を、われわれ通行人の前にあらためて、鮮やかに、逆説的にではあるが、わかりやすく提示してくれたといってよい。

それは、われわれ通行人のものだ

Chim↑Pomの「いたずら」は、貼り付けてから約二四時間後に匿名の通報を受けて撤去され、警察が捜査を開始した。撤去に立ち会った「明日の神話保全継承機構」の担当者は「とんでもないいたずらで迷惑している。多くの方が苦しんでいる中で(原発問題と)結びつけられるのは困る」(「東京新聞」五月三日)、「被災者の感情を逆なでし、人間の尊厳を描いた岡本太郎氏の思いを踏みにじる行為。二度と繰り返されないよう急いで対策を講じたい」（「読売新聞夕刊」五月二日）とコメントしている。

ここでは落書きを犯罪視することと、絵の解釈の自由を許さないこととが一緒にされている。解釈の自由を許さないことが、落書きを犯罪視することによって正当化される。しかし、原発事故と切り離して、「明日の神話」を黙っておとなしく受け入れ、鑑賞することは、いまやもう不可能だ。いったい「明日の神話」は誰のものなのか。この壁画は、歴史のどの方向を向いているのか。原発事故と結びつけられることを受け入れ、歓迎するのか。それとも拒むのか。

メキシコ壁画運動の影響を受けて制作された「明日の神話」が、美術館ではなく、街頭の公共空間に展示する壁画である以上、それはもはや通行人のものだ。それは日々くりかえし眺め、呼吸し、メッセージを浴び、読み解釈し、他人と見上げ共有する、壁画の前を通過し生きるわれわれ通行人の生の一部である。それはわれわれのものだ。もはや岡本太郎ひとりのものでさえない。だから壁画をどう解釈し、どう受け入れるか、どう受け入れないかは、通行人であるわれわれが決めることなのだ。「明日の神話保全継承機構」が、それを決めることはできない。岡本太郎にもできない。

おそらくChim↑Pomの「いたずら」が教えてくれたのは、そういうことだ。「明日の神話」をどう解釈し、それを歴史のどの方向に接続するかを決めるのは、われわれ通行人なのだ。それは、われわれのものだ。

オネショはね事象なんだと孫ほざき

松田まさる（柏市）

●初出「東京新聞」（二〇一三年四月一三日）

朝刊の川柳欄に掲載された投稿作品。原発建屋の爆発を「事故」ではなく「事象」だと言い募るテクノクラートの嘘と詐欺。

「事象」といえば責任回避できることを、幼い孫はよく知っている。子どもは大人の欺瞞を、学歴エリートたちの醜さを、よく見抜いている。

笑い茸

パニックが起こらぬように被爆させ

●初出「川柳　笑歌　笑い茸」No.27

（二〇一三年五月）

住民が被爆しても、パニックが起きるよりはいい。パニックが起きなければ、住民がどうなろうと知ったことではない。国家とは、権力とはそういうものだ。口が裂けてもその本心と本音を明かすことはないだろうから、代わりに川柳が言ってあげるのだ。

「まず隠し学者で騙し目をそらし」も秀句。

白石維想楼

●初出「風詩」（一九四五年一一月）

白石は、鶴彬と同じ井上剣花坊主宰の柳樽寺川柳会に属していたアナキスト柳人。

二等でも三等でもなく「四等国」という宣告が清々しい。標語やスローガンを嗤う川柳の力と本質を確認することができる二句。一五年戦争が、いかにスローガンと標語による洗脳と煽動なしに遂行することが不可能な戦争であったかがよくわかる。それは原発も変わらない。

神風を鉢巻にして四等国

標語のかぎりを尽して戦争に敗けてゐる

3

川柳は検定教育を嗤う

「勇の字をマ男と読む尋常科」

勇の字をマ男と読む尋常科

一九〇六年七月に、井上剣花坊《いのうえけんかぼう》が主宰する柳樽寺《りゅうそんじ》川柳会の機関誌「川柳」に掲載された一句である。作者は「北雪」なる匿名にして無名の柳人。もちろん、字が読めない、習得できない生徒への揶揄を込めた作品ではない。日露戦争後に「勇」の字を修身の授業で教えることじたいの理不尽さ、やりきれなさを批判的に見つめた句である。前後には同じく、

勇敢の兵士手もなし足もなし（空笑）

勇ましい最期を話す気の毒さ（等外坊）

など、「勇敢」や「勇」を穿つ句が何篇も掲載されている。

きっと修身の教科書に掲載されていた、戦死しても突撃ラッパを口から離さなかった木口小平の日清戦争での「勇敢」さを讃えるエピソードを生徒全員で朗読・斉唱していたのであろう。みなさん、「勇」の字を学習しましょう、「ゆう」と読みます、「いさましい」の「ゆう」であります、「ゆうかん」の「ゆう」であります、みなさんも木口二等兵を見習って「勇敢」な兵士になりましょう、死ぬことを恐れず勇敢に敵へ突撃しましょう、さあ大きな声で朗読してみましょう。そう叫ぶ教師が生徒に朗読を促す。どんな生徒が指名されたのだろうか。きっと漢字が読めない、成績があまりよくない生徒だったのだろう。何度教わっても「勇」の読みがわからない、身につかない生徒。それ以前に、教師の言うことなど、何ひとつ聞いていない、頭に入らない、理解できない生徒。突然指名されたので、慌てて、しかし懸命に大声で朗読をはじめたのだろう。「木口二等兵のように〝マ男〟らしく敵に突撃します」。

その瞬間、教室がどのような空気に包まれたか、教師がどんな表情を浮かべたか。考えるだけでワクワクする。予想外な読み間違いに、教室は笑いに包まれただろうか。

子どもたちは大笑いしたであろうか。はたして教師は笑ったであろうか。それとも逆上したであろうか。それとも「お前は面白いね」と感心でもする余裕のある教師だったであろうか。そんな余裕のある教師だったら、そもそも、このようなカルト臭い修身の朗読など真面目にやるはずがない。

川柳は教室と教育の欺瞞をぶち壊す

生徒は読み間違いをした。

勘違い、誤読。しかし、それが何だというのか。

正しくない、正解でない、まともに漢字が読めない劣等生だからといって、それが何だというのか。

この場合、正しく読むことよりも、間違って読むことの方が「正解」というべきなのだ。間違えた生徒の方が正しい読みを披露していることになるのだ。教師と教科書が教えるとおりに「正しく」読むことの方が「誤り」「間違い」というべきなのだ。

銃後には男がいない。さまざまな事情で従軍せず残された男は、みんな「間男」になりうる。それが戦争というものだ。あの家の夫は戦争に徴発されているから、残された女房は狙われる。逆に、さまざまな事情からそれを秘かに期待し、待つ女性たちもいただろう。

そういう現実を哀しい目で見て耐えている子どもの視点、そこから浮かび上がる吐き気のする戦時下の現実が、「この一句には見事にとらえられ、凝縮している。もはや「正しく読みなさい」という教師の注意指導は、ここでは虚しく響くだけだろう。正しく、従順に、教師の言うとおりに朗読したのでは、わからない、見ることができない、知ることができない、浮かび上がってこない「真実」が偶然、その場に浮かび上がってしまったのだ。

ほんとうに偶然はステキで恐ろしい。

こういうふうに教室と教育の欺瞞をぶち壊してみたいものだ。

そういう力が川柳にはある。

間違いと誤読にこそ、真理が隠れている

あたりまえのことではあるが、教育は簡単ではない。教室では何が起きるかわからない。何が不意に飛び出してくるかわからない。子どもは何をしでかすかわからない。子どもは常に教師の予想を超えた存在だ。

子どもは必ずしも従順とはかぎらない。子どもは、たえず教師や大人の期待を裏切るように出現してくる存在なのだ。堂々と間違えること、勘違いすることも大切だ。間違わない生徒だけでなく、堂々と間違う生徒もまた、大切であり必要なのだ。優秀で頭のいい、物わかりのよい、従順な生徒だけでは教育も学校もじつは成り立たないのだということを、この川柳はあらためてわれわれに教えてくれる。

「勇」の字を分解すれば「マ」と「男」になる。「勇」の字には「間男」が隠れている。しかし、何というすばらしい誤読であり、言葉遊びであり、いたずらであることか。

たしかにそうなのだ。「勇」とは「間男」のことなのだ。

勇敢に戦う前線の兵士、銃後の妻、忍び寄る間男。それを悲哀とともに見つめる子どもたち。戦争によってめちゃくちゃにされた庶民の生の惨めさを、この句は社会のもっとも低く小さな視点から鋭く的確に突いているといってよい。

「戦争」と「性」は不即不離、一体のものだ。どちらも「征服」と「侵略」の喩にほかならない。偶然の思いつき、偶然の読み間違いとはいえ、何と見事に戦争と修身の欺瞞と弱点を突いた思いつきであり、読み間違いであり、偶然であることか。落書きのような言葉遊びひとつで、修身の欺瞞と弱点、そのほころびを、これだけ鮮やかに、笑いとともに、穿ち、抉り出すことができる文学は、おそらく川柳をおいてほかにない。

ほんとうに川柳はすばらしい。

川柳に息づく、パロディーの精神

川柳の基点は、言葉遊び、落書きにある。

「勇」の字の横に「マ男」と分解し、書き付けること。この句は、そんな子どもたちの無邪気な言葉遊び、落書きを、おそらくヒントにしている。退屈な洗脳教育。戦死を賛美する詐欺的でカルト臭い修身の記述。嘘臭くて退屈な記述を、見慣れない面白いものに書き替えるいたずらを、子どもたちは瞬間的に思いつき、さらに面白くするために頭をひねったにちがいない。そうしたら、突然閃いたのだ。「勇」の字が「マ男」と読めることに。「マ男」「間男」「まおとこ」というルビを「勇」の脇に書き付けた。教師に見つからないように、こっそりと。そして、同じく教師に見つからないように、この落書きを周囲の仲間に得意げに見せつけ、回覧したかもしれない。ついでに勉強ができない生徒に意地悪から『「マ男」と読むんだぜ』と嘘を教えたかもしれない。その生徒は真に受けて、本当に「マ男」と朗読してしまった、ということだったのかもしれない。

何しろ、天皇の臣民に対する教育についての「お言葉」である教育勅語を拠りどころとする修身の授業である。批判やいたずらはおろか、読めないことはおろか、誤読も許されない。しかし、「勇」の字は、たしかに「マ男」に分解して読めてしまうのだ。

これぞ権力が管理しきれない問題といえよう。教育は、教師は、国家は、「勇」の字を「マ男」と誤読することまで管理し、予測し、禁じることはできない。「マ男」と読むな！と、あらかじめ注意してまわるわけにもいかない。そんなことをすれば、誰もがにやにやしながら、その通りにしか読まなくなるだろう。

これはすばらしい発見だ。

こういうことに気づくのは、まちがいなく川柳以外にないにちがいない。川柳には、どうにかして権力が押し付けてくるものを逆手に取ってやろう、換骨奪胎してやろう、愚弄してやろう、という精神が横溢している。諦めておとなしく授業を受け入れるしかない子どもたちひとりひとりの中で渦巻く不満や批判やムカつきが、この小さな落書きには見事に凝縮されているといってよい。

異論も反論も許されない修身の記述を、そのまま黙って諦め受け入れ放置するのではなく、書き替え、乗っ取り、その意味を逆さまにひっくり返し、愚弄すること。川柳には、必ずこのようなパロディーの精神が、批判と抵抗の意志が息づいている。大声で言えない本音、誰もが公然と口にすることを自粛し憚るような批判や軽口、禁じられた表現や隠語に耳をすませ、拾い上げ、形にするのが川柳というジャンルの特徴なのだ。

川柳は検定教育と相容れない

川柳を考えるうえで「教育」との関係は重要であり、外せない。

前章でも触れた戦時標語「欲しがりません　勝つまでは」や原発標語「原子力明るい未来のエネルギー」などをはじめとして、韻律を踏まえた五七調のスローガンや国策標語の乱発と再生産を支えてきたのが、いまも昔も学校教育である。『大衆文化事典』（一九九四年六月、弘文堂）の「標語」の項目を開くと、標語制作が広く教育のシステムの中に取り入れられてきたことが強調されている。

標語づくりは広く教育のシステムのなかに取り入れられ、選挙の公正や節水・清掃・美化などの公衆道徳や、防火・防犯・交通安全・公衆衛生などをテーマとして、あるいは◯◯週間にことよせて、募集された。入選や賞品といった褒賞を用意した募集それ自体が、そのテーマへの関心や動員や自発的関与を深めるための手法だったからである。さらに掘りさげるなら俳句や川柳につながる短文学の趣味と五七調の音感覚の大衆化も、この標語文化を支える一要素となっている。（佐藤健二）

学校と教育こそが、国策の洗脳を下から支える。いまも昔も、この仕組みと構図に変わりはない。学校における伝統短詩の韻文教育は、ご都合主義な国策標語をひねり出すこととワンセットなのだ。

とはいえ、「俳句や川柳につながる短文学の趣味と五七調の音感覚の大衆化も、この標語文化を支える一要素となっている」のはたしかだとしても、俳句とは異なり川柳はいまも昔も、一部の古川柳を除き、検定教科書に取り上げられたことはなく、教育そのものから締め出されてきていることを忘れてはならない。批判と皮肉と嗤いと悪口と穿ちを生命とし、伝統短詩に「桎梏」のようについてまわる歳時記や季語などの制度とも無縁で、なおかつ隠語をはじめ、大声で言えない、陰で声を潜めて使うしかないような言葉や表現を俎上にのせ吐いてきた川柳は、それゆえこれまでいっかんして教育の場から締め出されてきた、ほとんど唯一の文学ジャンルである。その風景は今日もまるで変わらない。

「検定」教育が、そもそも川柳と相容れるわけがない。規律と服従と整列と同調と斉唱を柱とする「検定」教育に、川柳の居場所などあろうはずがないからである。

鶴彬の川柳があぶり出した「教育」の嘘と詐欺とやらせ

これまで川柳は教育と学校について「吐き」つづけてきたジャンルだ。とりわけ鶴彬の川柳は、川柳を排除し駆逐した上に成り立つ「教育」の嘘と詐欺とやらせの歴史を踏まえ、それを批判的にとらえた作品が多い。

「勇の字をマ男と読む尋常科」と同じく、戦前の小中学校で行われた道徳教育「修身」に狙いを定めた一九三六年発表の、

修身にない孝行で淫売婦

学校教育における復習＝斉唱の身ぶりを剔抉した、同じく一九三六年の作、

母国掠め盗った国の歴史を復習する大声

学校と検定教科書が教えない、国家と社会の嘘と詐欺を嗤う、一九二五年発表の、

2＋2が5である事も有のです

尋常小学校唱歌「桃太郎」の世界を揶揄した、一九三四年発表の、

しなびた胃袋にやろう
鬼征伐の

キビ団子!

などがそれである。

すべて戦前の教育、教科書、学校の在り方そのものに批判の矛先を向けた作品である。学校と教育ほど、鶴彬にとって「吐き気」のする、「吐く」ネタが豊富なテーマはなかったといえる。

「修身にない孝行で淫売婦」は、鶴彬の作品の中でもよく知られた有名な句のひとつである。天皇と家族への忠誠、孝行、服従を叩き込む修身の教育内容を、ここで鶴彬は揶揄し、批判している。当時、貧しさゆえに親兄弟のため身売りに出された少女たちにとってみれば、「淫売婦」も立派な孝行のひとつになってしまう。であるなら、はじめから修身の教科書の「孝行」の項目に「淫売婦」を加えておいたらどうだ。ぜひそうしなさいよ。その方がすっきりする。

この川柳は、そう皮肉を込めて訴える。

鶴彬「2＋2は5である事も有のです」

「母国掠め盗った国の歴史を復習する大声」は、朝鮮人に対する皇民化教育がはじめられた年に発表された句。

いま学校現場で「君が代」の斉唱を強制させる動きが盛んだが、復唱や斉唱や奉読は、教育現場のみならず、会社や地域や共同体内部で、いまもなお根強く生き残っている忌まわしい日本的集団への忠誠を誓わせる血の儀式にほかならない。

かつてある日本代表のサッカー選手が「試合前に君が代を歌うとやる気が失せる」と発言したことがあるが、なるほどたしかに「君が代」は曲調が下がりっぱなし。「独立」の象徴であるはずの国歌は、ほんらい主人公である「人民」によって高らかに、誇らしげに歌い上げられるものであり、曲調はアップテンポがふさわしい。ところが、「起源」もうやむや、「独立」の主体もあいまいな「日本の国歌・君が代」は全部逆。「やる気が失せる」とは、なんとまあ的確な表現だと、感心するほかはない。こんな曲を試合前に歌わされたら、「やる気」が失せて、なおかつストレス倍増で満足なパフォーマンスなんか発揮できるわけがない。いま学校でも同じことが行われようとしている。勉強したいけど、「やる気」が失せる。

「2＋2が5である事も有のです」は、いろいろな解釈の余地がある句といえよう。福島第一原発事故をはじめ、世にはびこる政治は「2＋2は5である」ようなことばかりだ。「原発事故収束宣言」「アンダーコントロール」「アベノミクス」「解釈改憲」「積極的平和主義」「ねじれ解消」「議会制民主主義」「テロとの戦い」「食品偽装」「限定正社員」「国家戦略特区」「後期高齢者」「STAP細胞」「現代のベートーベン」……。

「2+2は4！」。違う！　間違いなんだそれ！　「5」になることもあるのだよ！　世の中、嘘と詐欺とやらせばかりなのだよ！　そう子どもに教えることが、いまほど必要なときはない。

戦争に動員される韻文教育

「しなびた胃袋にやろう／鬼征伐の／キビ団子！」もまた斉唱批判の句であり、文部省唱歌をやり玉にあげている。

ここでは三行書き川柳の形式が採用されている。石川啄木や土岐哀果《ときあいか》の三行書き短歌の影響が感じられる。と同時に、この形式は、尋常小学校唱歌「桃太郎」の歌詞が三行書きであることに、おそらく対応している。

そりゃ進めそりゃ進め、
一度に攻めて攻めやぶり、
つぶしてしまえ鬼が島。

おもしろいおもしろい、

のこらず鬼を攻めふせて、
分捕物をえんやらや。

おじいさんやおばあさんのようにまじめに働くのがいやでいやでしょうがない桃から生まれた桃太郎。労働がいや、というただそれだけの理由で、ひとり鬼が島征伐の途に上る。途中、貧しい「無産者」である犬や雉や猿を、黍団子「半分」で買い叩いて鬼が島に送り込み、侵略の片棒を担がせる。桃太郎一味によって理不尽にも侵略され、殺され、略奪される鬼の視点から唱歌「桃太郎」の世界をみごとに異化した芥川龍之介「桃太郎」（一九二四年七月「サンデー毎日」）を、鶴彬の句は、明らかに意識し踏まえている。

唱歌が子どもたちに教え囁やきかけていることは、ただひとつ。まじめに働くよりも、弱いものから分捕りなさい、その方が手っ取り早い、黍団子半分で服従を強いられた家来たちは、略奪品を前にそんな理不尽な過去などすぐに忘れるだろう、それが尋常小学校の崇高な教えだ。そう芥川龍之介も鶴彬も皮肉と冷笑たっぷりに読者に訴える。

ここでもまた、五七五の定型律が顔を出している。川柳を排除した韻文教育は、「略奪」と「侵略」と「戦争」を支えるために動員されている。三行書き形式も、「！」の導入も、斉唱＝唱和を不可能にするために自由律形式を採用していることも、すべて韻文教育が規律と服従と整列と同調と斉唱に動員されていることへの「吐き気」からきているといってよい。

「ムカツク」と「吐き気」

川柳は「文学」からも「教育」からも排除された「吐き気」の文学である。この「吐き気」ということをもう少し現代に即して言い換えるならば「ムカツク」がぴったりあてはまる。いまや社会全体に定着し、広く子どもから大人までもが使うようになった、あの「ムカツク」である。

「ムカツク」と「むかつく」は同じではない。

「むかつく」が日常語になった、ふだん会話で「むかつく」を使う人はいまや半数を超えた、と二〇一二年に文化庁が国語世論調査の結果を発表した。興味深い調査ではあるが、カタカナ表記「ムカツク」「ムカつく」ではなく、ひらがな表記「むかつく」を採用しているところが、いまだに「国語」なるタームを使用していることとあわせ、いかにも旧態依然としている。「ムカツク」「ムカつく」は「むかつく」とはまったく別のものである、という基本的な認識が欠けているのだ。あるいはわざと無視している。

「ムカツク」「ムカつく」は一九八〇年前後から学校、とくに女子中高生によって最初に使われた「吐き気」をあらわす現代用語である。「むかつく」はそれ以前から存在し、夏目漱石や志賀直哉の作品にも登場する見慣れた言葉に過ぎない。

一九八〇年前後、学校は偏差値による輪切りや、共通一次試験という名の「選別」試験の導入、服装検査などの管理教育が強まり、「落ちこぼれ」という言葉が生まれ、流行した。六〇年代の高校・大学闘争の反省を踏まえた権力による教育の再編、学生の選別と差別が推し進められた結果、当時の中学校、高校は校内暴力で荒れ果てていたといってよい。

このように、理不尽で受け入れがたいことだらけであふれかえった学校という教育現場から、「ムカつく」という言葉は誕生したのだ。

「ムカツク」「ムカつく」は「むかつく」とはちがう。「腹が立つ」ともちがう。「頭にくる」とも異なる。不愉快なことが「腹」にもおさまらない、「頭」にもおさまらない、身体のどこにもおさまらない。「腹が立つ」「頭にくる」には置き換えられない言葉。それが「ムカツク」にほかならない。

身体のどこにもおさまらない、着地できないまま不愉快な思いだけが浮遊し、いたるところに蔓延する。だから「ムカつく」はひと言では済まず、何度もぶつぶつ速射される。「ムカつく、ムカつく、ムカつく」「あー、ムカつく」「ムカムカする」「まじムカつく」「ムカついてムカついてしょうがない」。何を見ても「ムカつく」、大人を見ても「ムカつく」、先公を見て「ムカつく」、教室に座らされて「ムカつく」。

こうした「吐き気」が、学校中に蔓延し、浮遊しはじめたのが一九八〇年前後であった。あれから三〇年後のいま、「吐き気」は学校を飛び出して、社会全体に蔓延し、世代を超えて共有されるにいたった。

竹内敏晴の「ムカツク」解釈

「ムカツク」に当時いち早く注目したのが演出家の竹内敏晴であった。彼は「ムカツク」を「むかつく」とは区別したうえで次のように説明している。

ムカツク、とはからだにとってなにか？　第一に胃のあたりが気持悪く、吐きたくなってくる状態であろう。それならとりあえず吐き出してしまえばスッキリするわけだが、そこまで「からだ」がハッキリしていない。結局、吐きたい感じはあるのだけれども吐かない、あるいは吐けない、という「からだ」がそこにある。（『時満ちくれば――愛へと至らんとする15の歩み』筑摩書房、一九八八年八月）

竹内によれば「ムカツク」は、吐き気の常態化、日常化である。身体に異物が入り込んでも、とうてい受け入れられないものを呑み込んでも、吐き出すことができれば問題はない。しかし、吐いても追いつかないほど、現実が受け入れられないものだらけだとしたら、あるいは受け入れられないものだとしても、それを受け入れる以外の選択肢がないとしたら、吐き気は常態と化すほかはない。たえずぶつぶつと速射砲のように吐き出される「ムカツク」は、もはや拒絶や抵抗が不可能なまま、理不尽な現実を我慢して呑み込むしかない状態に置かれた、この三〇年あまりのわれわれの姿を正確にとらえた表現といえる。

「ムカツク」は死語になるどころか、いまなおとどまることなく社会全体に拡散している。われわれはこの三〇年のあいだ、一瞬たりとも「吐き気」から解放されたことがない。ムカツクことを上手に、まるごと吐き出せたことがない。受け入れられないこと、呑み込めないことを、仕方なく受け入れ、呑み込むのではなく、いかに吐き出し、拒絶するのか。「吐く」想像力、「吐き方」の構想力こそが、いま「文学」にも切実に求められているといってよい。

「吐き気」がするのに「吐かない」「吐けない」のは、「吐かせない」学校や教育や社会のあり方と深くかかわっているだろう。「呑む」ことは教えても「吐く」ことは教えず、封印している。「同調」は教えても「反対」は封印する。ムカツクことを「吐く」吐き方というものがある。「吐き方」は学ぶものだ。歴史から学ぶものだ。文学から学ぶものだ。それを学校や教育が封印しつづけるかぎり、「吐き気」はいつまでも形にならないまま浮遊せざるをえない。

学校は川柳を教えるべきであり、教えなくてはならない。川柳は「ムカツク」の震源地である学校でこそ、取り入れ、教えるべきである。「ムカつく」ことをきちんと吐き出してみせる「吐き方」というものを、生徒たちは学ぶべきなのだ。川柳が学校教育から排除されているということは、批判や不満や悪口や嗤いや皮肉や政治と向き合い、それを形にするということを教えない、禁じているに等しい。批判や不満や悪口や嗤いや皮肉や政治に向き合うことを禁じて、学校はいまも昔も、同意と同調と整列と服従ばかりを洗脳し、叩き込もうとしている。

鶴彬の川柳は、今なお、少しも古びていない。鶴彬の実践は、川柳というジャンルが歴史的に背負い、担ってきた力と使命を、あらためて再確認させてくれるものだといってよい。

鶴彬「燐寸《マッチ》の棒の燃焼にも似た生命」

鶴彬、本名・喜多一二《かつじ》は、小高等学校を卒業後、伯父の機屋で後継ぎとして働いた。七歳で実父を病気で亡くし、母は再婚して故郷を去り、一二のもとを去った。成績は男子生徒中で一番だったが、貧しい家庭事情、後継者のいない伯父の養子となった経緯もあり、進学は叶わなかった。

川柳作家のみならず、川柳を志し、愛する人たちには、このように学歴がほとんどない、持つことが叶わなかった人が多い。鶴彬も参加したプロレタリア文学運動でも中心を占めていたのは、東大をはじめ大学出身の小説家、詩人、評論家たちであった。「封建的韻文」として蔑まされ、切り捨てられてきたマイナーな伝統短詩である川柳は、それゆえ今日でもほとんど研究もされず、その活動、広がりと実態は闇に埋もれたままになっているといってよい。

そうしたことすべてを、当時から鶴彬は面白く思っていなかった。彼は「ムカック」の塊そのものであった。

音楽ききますますブルジョアの犬

鶴彬、一八歳の句。一九二七年発表。

当時、金沢をうろつけば、旧制金沢四高の学生が洋書や学術書を片手にクラシック喫茶で音楽でも鑑賞していたにちがいない。面白くない。とにかく面白くない。ムカツク。その思いだけで成り立っているような川柳といってよい。

燐寸の棒の燃焼にも似た生命

鶴彬、一五歳のデビュー作。一九二四年発表。「北国新聞」の川柳欄に掲載された投稿作品である。

一五歳で、このような川柳を吐いてしまう鶴彬は、やはり天才というしかない。日本に生まれた、進学も叶わない貧しい生い立ちの人間の命など、しょせん燐寸の棒の燃焼のごとき儚く、使い捨てにされる、ちっぽけな生命に過ぎない、ということか。

こういう自嘲と皮肉と嗤いと絶望をわずか一五歳の少年に吐かせてしまう、この社会とはいったい何であるのか。このような自嘲と皮肉と嗤いと絶望を見据えるところから、鶴彬の川柳ははじまっていたことを忘れてはならない。

マッチの燃焼時間はどれくらいか。使い捨てライターが普及したいま、マッチを使う機会も少なくなった。同じ使い捨てでも、点火したまま燃焼をつづける使い捨てライターでは、きっと「詩」にはならない。短いけれど、儚いけれど、やはり、さまざまな思いや記憶や過去や想像をかきたててくれる、マッチの炎が「詩」には必要だ。この川柳は、わずか二九歳で日本という国家に殺されたみずからの一生を、皮肉にも予言したかのような作品になっている。実際には、ひとつだけ計算違いがあった。彼は殺された、つまり燃焼を全うできたわけではなかったということだ。儚い燃焼の途

114

上で、官憲によって炎を吹き消されたのだ。
マッチの炎を見れば、思い出す。
鶴彬の川柳を思い出す。
吹き消された一生を思い出す。

射抜かれて笑って死ぬるまで馴らし

水叫坊

●初出「川柳人」（一九三七年一一月）

鶴彬の作品「**手と足をもいだ丸太にしてかへし**」と一緒に掲載された。雑誌は発禁。

殺されても笑っている、笑顔を浮かべて殺される、それが理想の兵士であり、軍の教育成果にほかならない、ということを嗤った毒と皮肉たっぷりの古典的傑作。

笑いながら死なない兵士は非国民。恐怖に泣き叫ぶ兵士は非国民。笑って死ねば英雄。洗脳カルト教育、ここに極まれり。

笑い茸

卒業の末は派遣か英霊か

●初出「川柳　笑歌　笑い茸」No.30（二〇一三年八月）

作者は笑い茸。大学は出たけれど、いつの時代も犠牲となるのは若者である。就職率の実績を上げるために、あるいは産学協同を御旗に、いま大学はブラック企業だろうと軍事産業だろうと、節操なく学生を商品化して送り込む国策絶望工場と化している。

学生が身を守るすべである労働法や憲法や川柳を教えず、代わりにキャリア教育という名の奴隷教育・洗脳教育が平然とまかり通り、幅を利かせている。企業以上に、大学こそがブラック化している。

●初出「朝日新聞」

（二〇〇五年五月一九日）

朝刊の「朝日川柳」に掲載された投稿作品。

ある日スマホかパソコンに真っ赤な画面のメールが届く。「召集令状です、出頭せよ」。貧困とネットカフェ難民の温床となった、メール1本で会社に呼び出され、仕事をあてがわれ、使い捨てにされるスポット派遣、日雇い派遣は、二〇一二年に禁止された。安倍政権下で復活の動きがある。

メール1本で若者を呼び出し、募り、動員する徴兵制の準備とテストは、もうはじまっている。

赤紙がメールで届く怖い夢

田付賢一（東京都）

4

川柳はプレカリアートの詩

「蟹工船」ブームから六年

新自由主義的資本主義の下で拡大していく貧困や、非正規労働をめぐる悲惨な現実の起源に、八〇年前のプロレタリア文学が明視した「地獄」を位置付けようとした二〇〇八年の蟹工船ブームも、いまやすっかり忘れられ、過去のものとなってしまった。しかし、強い者が弱い者から効率よく搾り取り、奪い取る資本主義の「地獄」がいかなるものであるかを、あの当時「蟹工船」は八〇年の時を超えて、われわれに突き付け、思い出させてくれた。法をすり抜け、やりたい放題、勝手し放題の「死」の労働がまかり通る蟹工船＝労働収容所の「地獄」がいかなるものであるかを、あの当時「蟹工船」再読・再発見のムーブメントは、あらためて生き生きと、われわれに思い起こさせ、教えてくれたのだ。

あれから六年。ブームは去っても「蟹工船」を蘇生させた平成の「地獄」は駆逐されるどころか、ますます巨大化し、社会全体を隈なく覆い尽くそうとしている。三・

――の惨事と災害に便乗した国家と資本の結託、やりたい放題はとどまるところを知らない。「復興」の名のもとに、あるいは「世界で一番企業が活動しやすい国」というスローガンのもとに、強い者が弱い者から効率よくカネを奪い、搾取するシステムの整備が、着々と推し進められている。

いまや非正規労働者は二千万人を超え、全雇用者の四割に達する勢いだ。正社員の雇用と生存権ももはや風前の灯である。労基法の骨抜き、日雇い派遣の解禁、憲法改悪、特定秘密保護法案など、基本的人権と生存権を破壊し、公正な社会の実現をめざすさまざまな声や運動を殲滅するための体制作りが進んでいる。

当時プレカリアート運動をけん引したひとり雨宮処凛は、「知らないうちに、私たちは『蟹工船』に乗っていた」と書いたが、気がつけばいまや、「ナチスの手口」を手本に絶滅収容所顔負けの巨大な労働収容所＝蟹工船国家が、その全容をあらわにしつつある。

二〇〇八年、冬の路上から

忘れられていく「蟹工船」ブームの一方で、小説にくらべマイナーな文学ジャンルである川柳と鶴彬が、同じ二〇〇八年頃から再評価され、いまも消えることなく広く読み継がれていることはほとんど知られていない。

鶴彬は二〇〇九年に生誕一〇〇年（一九〇九年生）を迎え、生地石川県かほく市が中心となって映画「鶴彬　こころの軌跡」（監督・神山征二郎。出演・池上リョヲマ、樫山文枝、高橋長英ほか）が制作公開された。あわせて、労働運動の情報ネットワーク・レイバーネット日本から生まれた「ワーキングプア川柳」や、ホームレスが販売する街頭雑誌「ビッグイシュー」が編集刊行した『路上のうた　ホームレス川柳』などが注目され、川柳というジャンルとともに、鶴彬という忘れられた川柳作家を再読・再評価する気運が生まれた。

ふざけるな女は前から非正規だ

外食は毎日してるさ公園で

政治屋よあなた時給はいくらです

（レイバーネット日本・川柳班編『がつんと一句！―ワーキングプア川柳』正木デザイン工房、二〇一〇年一二月）

街頭で　募金したいが　無一文

宿なしは　「福は外」へと　大豆をまく

給付金　住まい無い俺　無関係

（ビッグイシュー日本編集部編『路上のうた』ビッグイシュー日本、二〇一〇年一二月）

二〇〇八年は、リーマン・ショックをきっかけに金融危機と世界同時不況が起きて、日本ではいわゆる「派遣切り」が横行し、住むところを失った大量の製造業に従事する期間工・非正規労働者・派遣労働者が年末の冬の路上に放り出された年であった。一九九〇年代の半ばから国策によって推し進められてきた労働環境と生存権の破壊、その矛盾がひとつの頂点に達した年であった。

そこから、冷戦崩壊以後、「時代錯誤」と冷笑され蔑視されてきたプロレタリア文学が、皮肉にも再発見され読みかえされるという現象が起きた。「蟹工船」の冒頭に出てくる有名なセリフ「おい、地獄さ行ぐんだで！」の「地獄」が、けっして八〇年前のものではない、いまここにある、つながるものとして人々をとらえ、誰もがそこから目をそらすことができないものとしてリアリティを獲得した。とりわけ鶴彬と川柳は、このような「派遣切り」によって冬の路上に放り出された非正規労働者・派遣労働者の文学として注目されていたのである。鶴彬と川柳の再評価は、年越し派遣村が創設された二〇〇八年師走のあの冬の路上から生まれ、はじまっていたのだといえる。

文学ジャンルの序列と差別

口語を基調とし、制約もゆるやかな川柳は、詩や小説や短歌や俳句にくらべ、誰もが読み手＝作り手になりうる敷居の低い読者参加型のジャンルである。それゆえ、川柳には地味で目立たないが、日々泡のように吐き出される、何ものでもない無名の人々による、やり場のない怒りや皮肉や冷笑や批判や抵抗の「つぶやき」が渦巻いている。プロだけでなく誰もが作り手になれる。読むだけでなく、誰もが書ける。読者がそのまま作者になる。既存の文学が評価しない、アマチュアや無名の人間がものを作ったり、考えたり、批判したり、不満を形にすることに、最大限開かれているジャンル、それが川柳というジャンルにほかならない。

注目されたとはいえ、「蟹工船」という小説が脚光を浴びる華々しいジャンルなのにくらべ、川柳はまったくと言っていいほど地味かつ無名である。「蟹工船」は小説ゆえ脚光を浴びたが、鶴彬は川柳ゆえ注目されることはなかった。文学ジャンルにも序列と差別は存在するのであって、詩や小説とは対照的に、短詩型文学、その中でもとりわけ川柳はその最底辺に位置付けられてきたといってよい。本屋や図書館で近代文学史の研究書や入門書を、手当たり次第に繙けば明らかなように、川柳に言及しているものは皆無に等しい。ページを開いても開いても、分け入っても分け入っても、川柳の「セ」の字も、鶴彬の「ツ」の字も出てこない。川柳をはじめ短詩型文学は「小さい」。新聞の川柳欄も「小さい」。文芸誌には川柳欄さえ存在しない。この「小ささ」を低く評価し、軽んじる傾向が、まだまだ「文学」には強く残っているといえるだろう。

川柳は「文学」と見なされてこなかったし、それはいまもなお変わっていない。これまでの「文学」や「文学史」や「文学研究」が切り捨て、軽んじ、見落としてきた小さなジャンルがはじめて人々の心をとらえ、時代の最先端に躍り出て、「蟹工船」とともに大きな運動に発展していった。二〇〇八年とはそういう意味でも前代未聞の画期的な年であったといってよい。

「ワーキングプア川柳」の誕生

「ワーキングプア川柳」の母胎となったレイバーネット日本は、二〇〇一年に設立された、インターネットを通じて国内外の労働運動の情報を伝え、労働者の権利と連帯の確立をめざすネットワーク組織である。新聞やテレビをはじめとするマスメディアでは取り上げられることがきわめて少ない労働運動や労働争議のニュースや情報を、インターネットのさまざまな技術を活用し、紹介することを目的としている。一九九〇年代から世界で拡大する反グローバリズムのうねりの中から生まれた組織であり運動である。とくに従来の労働組合から排除されてきた非正規労働者や派遣労働者、アルバイト労働者の組合が数多く参加しているのが大きな特徴だ。

川柳が非正規労働者や派遣労働者、アルバイト労働者の文学として注目されるようになったきっかけが、二〇〇八年一二月に開かれたレイバーフェスタでの川柳公募企画であった。投稿一〇一句中、投票でもっとも人気を集めた句が「ふざけるな女は前から非正規だ」（うさうさ）であったというのも、二〇〇八年という時代背景とともに、川柳がどのような読者＝作者に支持されて立ち上がってきたかを物語っていて興味深いものがある。ほかにも次のような句が寄せられた。

蟹工船売れて多喜二は苦笑い（わかち愛）

すべり台急降下して寝る路上（ユニオニスト）

指折って数える仕草が多くなり（うさうさ）

変わらないむかし人買いいま派遣（ユニオニスト）

俺という革命がある俺自身（乱鬼龍）

インターネットと川柳を結合させたレイバーネット日本川柳班の活動は、定期的な班会・句会を核にして、鎌倉の建長寺川柳シンポジウムの開催、脱原発や大阪の「維新の会」の活動を批判する街頭デモに掲げる川柳（川柳デモ）や、インターネットテレビに放映する川柳の公募を行うなど、多岐にわたっている。「川柳さくらぎ」の主宰である尾藤一泉《びとういっせん》、「ノエマ・ノエシス」主宰の高鶴礼子《たかつるれいこ》らをはじめ、川柳会所属の柳人も講師として参加している。

鶴彬から乱鬼龍へ

レイバーネット日本の川柳運動の中心にいるのが、川柳作家であり鶴彬の研究家でもある乱鬼龍（本名／関充男）である。

革命の大きさに合う党がない

132

革命という風説を流布すべし
体制のイヌみなうまいものを食い
この国の不幸は選挙から生まれ
ニッポンにニッポンという敵がある
不平不満アナタ日本が討てますか
ホンネなど吐けぬ敬語の舌もつれ

一九五一年に足尾鉱毒事件の地元である群馬県邑楽郡に生まれた乱鬼龍は、石原青竜刀の教えを受け、埼玉川柳社、川柳人社、時事川柳研究会、あめんぼうくらぶの同人となり、創作をはじめる。印刷業に携わりながら「冗談じゃない！　世の中だから、たたかう冗談を‼」というサブタイトルで川柳や狂歌や小噺やコントを載せたミニコミ誌「冗談かわら版」を長年手がけ、他にも地元のタウン誌や労働運動の通信や機関紙などで川柳やコントや狂歌や小噺を発表してきた異端の柳人である。

結社と句会を拠点にしない独自の運動は、マッチ、ポスター、チラシ、パンフレット、ポケットティッシュ、年賀状、暑中お見舞い、名刺、絵馬、バッヂなど、さまざまな意表をつく日用品的なメディアに川柳や小噺や狂歌を印刷して街頭で撒布したり、あちこちに郵送したり、配布したりするという、きわめて奇想天外でユーモアにあふれたものだ。チェルノブイリ原発事故から二年後の一九八八年には、「マッチをともして考えよう反原発」と銘打って、反原発川柳を書き込んだマッチとともに、マッチに貼り付ける現オラベルを印刷して配布している。また、田中正造の肖像を貼り付けた切手や紙幣のパロディー作品も手掛けている。かつて落書き川柳やビラ川柳やポスター川柳をゲリラ的に実践した鶴彬の系譜にまっすぐつながる川柳作家のひとりといえるだろう。

その実践は、われわれがふだん無意識に使い、手に取っているがゆえに、あまり気がつかない、見慣れていて意識しないモノを、川柳掲載のメディアに作り替えてしまう運動といえようか。

「当時から私は、インテリ左翼などが『年賀状は虚礼だ』などという言い方に全く反対で、『虚礼』である『年賀状』と、そうでない『年賀状』とがあるのであって、年賀状そのものが虚礼なのではないという主張である。『年賀状』は最低、住所や電話番号、および近況等の確認、再確認できるなどという、いくつもの好いことがあるんだと、言い続けてきたのだが、そのような思いで『冗談かわら版』を一〇一号まで出した」（「『冗談かわら版』から『諷刺の種』、そして今」『がつんと一句！―ワーキングプア川柳』所収）。

川柳はプレカリアートの詩

乱鬼龍の手にかかれば、年賀状は「年賀笑」に、暑中お見舞いは「笑中お見舞い」に作り替えられる。すべてが川柳のための新たなメディアに生まれ変わる。これは鶴彬と同じく、川柳を書物や雑誌や句会に限定せず、広く街頭に開放し、未知の読者と川柳との不意の出会いの場を作り出す試みである。どこで川柳を読むか、どのようなメディアで川柳と出会うか、誰と川柳を読み出会い共有するのか、という視点を鶴彬と同じく重視する立場である。見慣れた日常に埋没して見えなくなっている「政治」や「運動」を、川柳はあぶり出し、つなぎ、可視化する力を秘めているといってよい。

かつて新聞のインタビューで、乱鬼龍は自身の川柳活動を次のように吐露している。

「人権も言論も、平和も民主主義も、憲法に書いてあるから存在するのではなく、口に出して言い、実践してつくっていくもの。(略)スローガンの誤りは国民をだます」「政治は国会や新聞の政治欄に閉じ込めておくものではなく、飯を食ったり、酒を飲んだりすると同様に、語るべきもの。川柳も私なりの政治参加。反戦・反核の生け花展や詩吟会があってもよい。そういうものをどんどんやっていきたい」（「群馬に生きる」朝日新聞群馬版、一九八四年一月八日）。

硬直したスローガンをステレオタイプに掲げるだけの「センスのない」労働運動や社会運動への不満、句会や柳誌や結社に自閉する旧態依然とした川柳界への反感、川柳というジャンルを蔑み切り捨ててきた文学と文学運動への批判が、乱鬼龍の川柳活動の根っこには渦巻いている。

近年は、人権団体・救援連絡センターが発行する「月刊救援」で、死刑囚をはじめとする獄中の人たちによる川柳欄（「救援川柳」）の選者をつとめている。

完黙の勇気がなくて死刑囚（白壁の理不尽大王）

獄だから見える格差の激しさが（羽黒山）

刑務所も知らぬ間に国際化（西の伍露壱）

「救済川柳」（「救援」517号・520号、二〇一二年五月・八月、救援連絡センター）

二〇〇八年当時、正規・非正規を問わず、新自由主義のもとに不安定な雇用と生を強いられている人々全体を束ねる「プレカリアート」という言葉が注目を集めた。イタリア語で「不安定」を意味する「プレカリオ」と旧来からの「プロレタリアート」を組み合わせた新造語であるこの概念は、二〇〇三年にイタリアの街頭に記された落書きに由来するといわれている。労働調整のための使い捨て産業予備軍である非正規労働者、チェーンワーカー（フリーター）、ブレーンワーカー（専門技能労働者）、零細自営業者、学生、失業者、主婦、外国人労働者、性的マイノリティ、ホームレス、病者、障害者、引きこもり等々を広汎に束ねるこの造語は、その後ヨーロッパ中に拡散し、ゼロ年代のユーロメーデーを支えるキーワードとなった。カトリックのイコンをもじった「聖プレカリオ」を「不安定な生を強いられる人たちすべての神様」として偶像化し崇めるパロディーとユーモアは、同じくパロディーとユーモアと嗤いと穿ちを生命とする川柳に共通するものだといえよう。川柳というジャンルがなぜいま鶴彬とともに再評価されているのか、を考えるうえで「プレカリアート」概念はとても示唆的である。

川柳こそプレカリアートの文学であり、詩なのだ。

川柳と街頭パフォーマンス

乱鬼龍を中心とするレイバーネット日本川柳班からは、これまでにない新しい川柳の読者＝作者が誕生している。

たとえば、福島第一原発事故以降、原発推進の本丸である霞ヶ関の経産省前の路上で反原発の川柳ビラ（「川柳　笑歌」）を毎月発行・配布している川柳作家・笑い茸の活動などは、そのひとつである。

パニックが起こらないよう被爆させ

原発を活断層に建てるテロ

賠償金国保払えと差し押さえ

花盛り泥棒たちの政治塾

国のためむかし特攻いま被爆

卒業の末は派遣か英霊か

初夢は墨に塗られた年賀状

吐きまくれ狼ジジでいいじゃないか

川柳ビラには、Ａ４の紙一枚に川柳と笑歌と写真をびっしりと掲載されている。それは受取人の手のひらにおさまるよう、小さく幾重にも折り畳んで通行人に手渡される。Ａ４のビラをそのまま配布したのでは受け取りにくいし、なかなか受け取ってもらえない。だから、通行人が受け取りやすいように、受け取っても目立たないように、経産省の職員が受け取っても省内で目立たないように、ポケットに秘かにしまいやすいように、入念な配慮を施した、そんな悪戯にあふれた川柳ビラである。開いていくと折り畳まれた八等分のマス目から川柳が次から次へと飛び出してくる。

ビラの配布は、人と人とのあいだに緊張と秘密と共犯意識を作り出す。ビラは受け取るつもりがなくても、うっかりと、不意に、魔が差すように、受け取ってしまうものだ。手渡されたときの緊張と、不覚にも受け取ってしまった瞬間に芽生える共犯意識。同じ情報の共有と拡散とはいえ、インターネットにはない、人間を前にした一期一会的な緊張と、街頭ゆえの偶然の魔力が、ビラ配布というパフォーマンスには潜んでいるといえよう。大声で言えない本音、誰もが公然と口にすることを自粛し憚るような批判や軽口、禁じられた情報や隠語に耳をすませ、拾い上げ、形にする川柳は、それゆえビラが作りだす緊張と秘密と共犯意識ときわめて相性のいい文学ジャンルといえる。

「ワーキングプア川柳」から「原発川柳」へ

三・一一以後、国会前の反原発デモをはじめ街頭の政治が見直され、再発見されたが、それならば並行して街頭の文学の見直しと再発見がもっともっと議論されていい。レイバーネット日本川柳班が、この間デモで掲げた川柳のプラカードや筵旗をまとめた句集本『原発川柳句集—五七五に込めた時代の記録』（レイバーネット日本、二〇一三年一二月）は、そうした貴重な実践の記録といってよい。

詐欺師には教授の肩書よく似合い　（奥徒）

放射能漏れてカタカナ溢れ出す　（満風）

電気にも原材料の表示義務　（船岡五郎）

原発手完璧ダロ我皇居似毛　（毒言・居士）

危険だと言えない町で子を育て　（笑い茸）

同郷の友にも吐くか「非国民」　（斗周）

議事堂が小さく見える金曜日　（一志）

水清き桜の国の汚染地図（わかち愛）

乱鬼龍は、いま経済産業省前のテントひろばで座り込みをつづけている。二〇一一年九月一一日以来、経済産業省前の交差点に、原発全面停止を求めてさまざまな人々が結集し、テントを建てて抗議の座り込みをつづけている、あのテントひろばである。「九条改憲阻止の会」をはじめ「原発いらない福島の女たち」など、全国から脱原発を求める人々や団体が結集して、すでに八〇〇日を超えた。「子供を放射能から守れ」「原発の再稼動を許すな！」というテントに掲げられた大きな横断幕とともに、入口付近には乱鬼龍の川柳を記した小さな色紙が点々と掲示してある。

テントから視えるこの国この時代

テントから学びテントから歩む

常在戦場テントに集う心意気

「サラリーマン川柳」から「女子会川柳」へ

川柳はプレカリアートの詩である。

「ワーキングプア川柳」「ホームレス川柳」「原発川柳」につづき、「ブラック企業川柳」「女子会川柳」「就活川柳」「シルバー川柳」など、いま新たなプレカリアート川柳が次々と誕生している。

これまで川柳といえば「サラリーマン川柳」(サラ川)が長く人気を博してきた。

ペットより俺に見せろよその笑顔

愛犬が家族で一番聞き上手

ただいまは犬に言うなよ俺に言え

（「サラリーマン川柳傑作選」二〇一二年一一月二三日「東京新聞」朝刊）

取り立てて小説や詩に親しむ習慣を持たない人でも、サラリーマンになり、労働に幻滅し、生きる辛酸を舐め、将来に悲観し、家庭でも孤立し、やがてサラリーマン川柳に走る。自虐をわが友としながら定年まで働く。川柳はサラリーマンの味方であり、友であった。川柳は長らくサラリーマンの詩であり、文学であった。

しかし、それもいまは昔。もはやサラリーマン川柳は古くなりつつある。夫が会社で働いて、妻が専業主婦という戦後の「中流」家庭を前提に成り立つ世界がサラリーマン川柳である。引用した三つのサラ川を読んで嗤う女性は、いまや皆無だろう。共働きでなければ家計どころか結婚だってままならない時代に、妻の尻に敷かれて悲哀と自虐を味わうサラリーマンの姿など、もはやアナクロでしかない。夫婦ともに非正規労働者、二人ともフル回転で働かないと食えない、もちろん家計も家事も分担、すべてが割り勘の世界。妻が専業主婦だったら、夫はまちがいなく過労死の危険がある、われわれはいまそういう時代に生きている。

川柳の主体は、サラリーマンから非正規労働者、プレカリアートに移り変わった。川柳はプレカリアートの詩となりつつある。

「女子会川柳」は、サンケイリビング新聞社が発行する、働く女性のための情報紙「シティリビング」が一九九七年からはじめた公募企画である。

派遣社員有能過ぎると立場無し

ツンツンと身体触るな名前呼べ

婚活で出会った男就活中

逆らわずただうなずいて従わず

（シティリビング編集部・ポプラ社編集部『女子会川柳――「調子どう?」あんたが聞くまで絶好調』ポプラ社、二〇一三年一月）

言うまでもなく、非正規労働者、派遣労働者の圧倒的多数は男性ではなく女性である。非正規労働者はいまや全労働人口の三分の一を超え、そのうちの三分の二を女性が占めている。「ツンツンと身体触るな名前呼べ」という句には、まさにサラ川にはない、新しい「不満」「怒り」「吐き気」「ムカツク」が充満しているといってよい。

有期雇用である非正規労働者、派遣労働者は、雇い止めや短期の有期契約のため、会社の都合で職場を転々とさせられるがゆえに、名前をおぼえてもらえない。すぐにいなくなる可能性があるために、おぼえられてもすぐに忘れられる、そもそもおぼえられる必要性がなくなってしまう。

「あなたは半年契約の人でしょ、何さんでしたっけ?（ツンツン）」

「（ツンツン）じゃねえだろう、名前呼べ!」

名前を呼ばれることのない労働者、それが非正規労働者であり、派遣労働者であり、プレカリアートにほかならない。

日本は「まっくろけのけ」

「女子会川柳」とともに近年台頭してきたのが「ブラック企業川柳」である。

新卒大学生を過労死、もしくは病気になるまでとことん使い捨てにする、労働法無視のやりたい放題企業を指す「ブラック企業」という言葉は、就活中の大学生によって2ちゃんねるの掲示板に書き込まれた、いわゆるネットスラングに由来する。企業がどんどん正社員の採用を減らして使い捨ての非正規に切り替える中で、労働法無視のやりたい放題が日本中の会社でまかり通っている。

企業の悪口を言わないで、正社員として就職させてくれれば何をされても、死に物狂いで働かざるをえない。大学の就職窓口であるキャリアセンターでさえ、大学全体の就職率の実績を上げるためには、ブラック企業であろうと何であろうと、どこでもいいから、とにかく学生を会社に押し込んで就職させてしまいたい。いまも昔も、大学が学生を守るはずがない。大学生は、いつだってみずから闘い、団結して自衛するしかない。「ブラック」なのは企業だけではない。企業も、大学も、学校も、国家も、政治も、すべてが「ブラック」といってよい。ブラック国家日本。そんな「まっくろけのけ」(添田唖蝉坊)の世であえぐ大学生の悲惨な現実から生まれたのが「ブラック企業」というスラングなのであった。

ここから「ブラック企業川柳」なるものが誕生した(ブラック企業研究会編『ブラック企業川柳——残業代出たら年収一千万』日本文芸社、二〇一三年五月)。大学生や新卒の人たちが抱える「不満」「怒り」「吐き気」「ムカツク」が、やはりというべきか、ほかでもない「川柳」という表現形式を見出しているところが、何といっても新しい。

気をつけろ会社《ここ》は日本の北朝鮮

真面目にニュースを見ていて北朝鮮は恐い国だなあ、と思っていたら、何のことはない俺の会社も似たようなものだ、いやもっと恐いじゃん、という思いを吐いた句。北朝鮮よりも日本国内のヤバい会社のことをもっとニュースで取り上げ、批判してくれ、よその国の悪口よりもよっぽど伝えることがあるんじゃないか。そのような、北朝鮮報道への揶揄と批判をも同時に感じさせるステキな川柳といえよう。

広告の社長の顔見て吐き気する

すばり「吐き気」「ムカツク」が登場している。過労死裁判で訴えられている、居酒屋から介護までチェーン経営を手がけるブラック企業の社長、国会議員もつとめる社長のことであろうか。それとも、新卒入社の三年内離職率が五割前後、休業者のうち四割以上がうつ病などの精神疾患という恐るべき人間使い捨てアパレル・ブラック企業の社長のことであろうか。ブラック企業なんて、労働組合がないどころか、あっても労使一体の御用組合化しているところばかりにちがいない。労働組合なんて労働者を守らない。大学が学生を守らないのと同じである。

労働法や労働組合の大切さを教え学ぶと同時に、それがこのような文学や表現とかかわり、つながっていることを学び、考えるきっかけを作ることが、むしろいまこそ大学の教育現場で求められているし、必要であるにちがいない。川柳にはそういう歴史と伝統と力が、まちがいなくあるといってよい。

宮内可静「老人は死んで下さい国のため」

一九九七年四月に「オール川柳」で特選句に選ばれた作品が、近年ふたたび脚光をあびている。

老人は死んで下さい国のため

発表当時、この句には多くの抗議が寄せられたという。作者は老人を馬鹿にしている、許せない、差別川柳ではないか、という抗議である。このような抗議に、川柳はよくさらされる。しかし、あたりまえのことではあるが、川柳は標語やスローガンではない。この川柳は老人に国のために「死ね」「死んでくれ」と宣告し、罵倒しているのではない。その逆である。国の福祉政策は、老人が財政の重荷になるから、もう役に立たないから、邪魔だから「死ね」「死んでくれ」と宣告しているに等しいではないか、という皮肉を反語的に表現しているのだ。老人ではなく、政策そのものに、国家そのものに「死」を宣告している。

川柳は反語である。川柳の皮肉と批判と嗤いは、いつでも権力に向けられる、強いものに向けられる。弱いものを嗤う川柳など存在しない。それは川柳ではない。差別落書きに過ぎない。それを理解できないような、書いてある字句通りにしか受け取れず、それを川柳だと勘違いしている輩がいかに多いことか。

国は老人に「死ね」と宣告している。しかし、権力は口が裂けても、その本音を漏らすことはない。だから、代わりに川柳が口にしてやるのだ。誰もが、権力の残忍な本音に薄々気づきながらも、遠慮して、自制して口にしないことを、口にすることが憚れることを、堂々と形にして口にしてやるのだ。それが川柳というものだ。川柳が民衆に長らく愛されてきた理由が、そこに存在している。

教育に川柳を。

川柳を通して世界をとらえる教育が、いまほど必要なときはない。

実際、替え歌のように「老人」を「沖縄」「福島」「病人」「失業者」「非正規労働者」「生活保護受給者」「被災者」「若者」「ニート」に置き換えれば、反語的皮肉にあふれたこの一句だけで、「死んで下さい」と切り捨てられ、殺され、使い捨てられ、自殺に追いやられる棄民であふれかえる日本の現在を見事にあぶり出すことができるだろう。発表から一七年経っても、いまなお古びないどころか、むしろいっそう日本の本質を鋭く穿つ普遍的な作品といえるにちがいない。

皮肉なことに、この川柳が発表された翌一九九八年から、年間自殺者数が三万人を超えた。「三万人」とはいえ未遂者を含めれば、おそらく軽くその一〇倍の数、三〇万を超える数字が浮かび上がってくる。二〇一三年に一四年ぶりに三万人を下回ったが、それでも東日本大震災の犠牲者数よりもはるかに多い。

この川柳がわれわれに教えてくれるのは、自殺者は国策によって作り出された現代の棄民にほかならない、という厳然たる事実だ。リストラや派遣切り、障害者自立支援法、退職勧奨、生活保護バッシングをあげるまでもなく、この一四年あまりの間、自殺は官民一体の「死ね」という大小さまざまな囁き＝強制アナウンスによって意図的に作り出され、増大しつづけてきたことを忘れてはならない。

この句の作者は宮内可静という柳人である。一九二一年生まれ。特攻の生き残りである。「死んで下さい国のため」という強制アナウンスから生涯一度も解放されず、自由になったことがない。

鶴彬こそ「ブラック企業川柳」の元祖である

「ワーキングプア川柳」「ホームレス川柳」「原発川柳」「女子会川柳」「就活川柳」「ブラック企業川柳」「シルバー川柳」……。このようなサラ川に代わる、新しいプレカリアート川柳に充満している「不満」「怒り」「吐き気」「ムカツク」を理解し、それをさらに発展させていくためには歴史の力、歴史に目を向けていく姿勢が欠かせない。

いまわれわれが抱えてる「不満」「怒り」「吐き気」「ムカツク」とまっすぐつながる、直結する川柳作家とは誰か。鶴彬をおいてほかに誰がいるのか。この時代の「不満」「怒り」「吐き気」「ムカツク」の中心に鶴彬の川柳を据えて考えていくことが、いま何よりも大切だ。

川柳は「嘔吐」の文学である。「批判」の文学でもある。「穿ち」、すなわち社会の弱点をズバリと突く文学である。もちろん「冷笑」の文学でもあり、「皮肉」の文学でもあり、「悪口」の文学でもある。「反語的皮肉」の文学、「ムカツク」の文学でもある。

川柳は、必ずしも句会や柳詩や結社に自閉し、庶民の生きる悲哀や自嘲の繰り言の捌け口にとどまる文学ジャンルではない。鶴彬にとってそれは、社会批判の芸術であることはもちろん、反標語、反教育の芸術であり、街頭の芸術であり、大衆の芸術であり、出会いの芸術であり、運動を作り出す芸術にほかならなかった。

鶴彬こそ「ブラック企業川柳」の元祖である。

鶴彬こそプレカリアートの詩だ。

手袋のための手なのか指五本

白石維想楼

●初出「新興川柳選集」（渡辺尺蠖監修、一叩人編、たいまつ社、一九七八年七月）

白石維想楼の川柳は暗い。自嘲と自虐の川柳を吐かせたら、白石の右に出るものは、おそらくいない。土木工事か、工場労働か、それとも原発労働か。手袋を使っているのではなく、手袋に使われている。自分の手は、手袋の奴隷だ。手袋の先にある労働の「闇」が、絶望的に果てしない。鶴彬とともに白石維想楼復活があってしかるべき。「**絶望を夜具の如くに引きかぶり**」「**嬉しさを直ぐに打消すものが来る**」「**生まれれば死ぬまでは犬も生きてゐる**」も傑作。

森川芙千子

主婦の指　勲章誰がくれるかな

●初出「めぐりあい―森川芙千子川柳選集」（ブイツーソリューション、二〇一一年三月）

「主婦」が両手に隠しもつ「指」は、他人から見えにくいもののひとつだ。家事労働＝シャドウワークの象徴。そんな「主婦の指」にとって「勲章」は、もっとも遠いもの、無縁なものの象徴といえる。尊大で奴隷のような男ばかりが国家から授けられる「勲章」。「主婦の指」を「勲章」なんかによって評価できないし、されてたまるものか、寄こせるものなら寄こしてみろ、という強い自負と反抗心が感じられる。これぞプレカリアート川柳。

鶴彬の川柳「**タマ除けを産めよ殖やせよ勲章をやろう**」「**稼ぎ手を殺し勲章でだますなり**」を想起させる句。

実際、森川は鶴彬のファンだった。「**この世相どう切り返す鶴彬**」「**鶴彬に生ある限り想いはせ**」「**花幾度見て果てたるや鶴彬**」などの作品がある。「**秋天にわたしを干すと虫が出る**」「**赤紙の入らぬポスト置いておく**」なども忘れがたい。

汝元来善人につき餓死

井上剣花坊

●初出『新興川柳選集』（渡辺尺蠖監修、一叩人編、たいまつ社、一九七八年七月）

八〇年前の作品だが、古くならない普遍性がある。剣花坊の川柳は、鋭利で容赦ない。世にはびこる嘘と詐欺と美辞麗句を許さぬ、鬼気迫る義侠心がある。鶴彬、白石維想楼とともに、井上剣花坊もまた再発見されてしかるべきだ。

「**搾取した金は善窃取した金は悪**」「**死ぬことをやめて死ぬよりむごい生**」といった傑作とあわせて暗唱したい名作。

水清き桜の国の汚染地図

わかち愛

見せたいものと、見せたくないものをまぜこぜにして嗤う。川柳のお手本だ。

ようこそ「お・も・て・な・し」の日本へ。観光のお供に、ぜひ「汚染地図」入り日本案内パンフレットを。フクシマにも目を向けてください。

●初出「原発川柳句集
　—五七五に込めた時代の記録」
（レイバーネット日本川柳班編、レイバーネット日本、
　二〇一三年一二月）
鶴彬の名作「**フジヤマとサクラの国の失業者**」「**フジヤマとサクラの国の餓死ニュース**」を、おそらく踏まえたであろう作品。国家が

あとがき

福島第一原発事故は、いまさらとはいえ、この国がいかに嘘と詐欺のメッキで覆われていたかを、あらためてわれわれに突きつけた。そしてバレてしまった嘘と詐欺を覆い隠すために、湧き上がる抗議と異論と反対の声を殲滅するために、さらなる嘘と詐欺、美辞麗句のメッキが塗り重ねられようとしている。「日本を、取り戻す」「今、ニッポンにはこの夢の力が必要だ」「原発事故収束宣言」「アベノミクス」「アンダーコントロール」「積極的平和主義」「集団的自衛権」……。分け入っても分け入っても嘘と詐欺。分け入っても分け入っても美辞麗句。気がつけば、臆面もない嘘と詐欺が、堂々とのさばるようになった。尊大で軽佻浮薄な美辞麗句、巧言令色が我が物顔で闊歩するようになった。国策標語が乱発され、巷は嘘と詐欺だらけ、美辞麗句だらけになった。感情に訴えることで現実を覆い隠す、尊大であさましい巧言令色＝「ポエム」だらけの世になった。

そして、収束の道筋さえ見えない現実を、もう直視したくない、考えたくない、というやけくそ感・無力感が日本全体を覆いはじめた。直視すること、考えること、異論や反対の声を上げることじたいを許さない風潮が猛威をふるいはじめた。「日本」「ニッポン」を錦の御旗に、ひとつにならないもの、同調しないもの、抵抗するものをあぶり出し、叩き潰す風潮が猛威をふるいはじめた。

本書は、前著『だから、鶴彬　抵抗する17文字』（春陽堂、二〇一一年刊）以後、二〇一四年までの約三年間に新聞や雑誌や書籍等に発表した鶴彬と川柳をめぐるエッセイ、講演録などを土台に、それを大幅に加筆修正し、再編集して一冊の本に書き下ろしたものである。

みな肺で死ぬる女工の募集札（一九三五年一二月「蒼空」）

次ぎ次ぎに標的になる移民募集札（一九三五年九月「詩精神」）

「貧困」と「棄民」は、巧言令色の広告コピー、嘘と詐欺と美辞麗句まみれの国策標語によって作り出された。鶴彬の川柳は、まちがいなく、戦時標語・国策スローガンに包囲され、埋め尽くされた一九二〇・三〇年代の街頭から誕生した。広告と宣伝の嘘と詐欺、美辞麗句まみれの国策標語をいかに換骨奪胎し、嗤いものにするか。いかにその嘘と詐欺を暴き、白日のもとにさらしてやるか。川柳というジャンルの力と可能性、その一端が、まちがいなくこの時代に鶴彬によって提起され、明らかになった。「文学」からも「文学史」からも排除され、蔑まされてきた川柳というジャンルが、今日にいたるまで唯一歴史の表舞台に登場したのが、この時代であったことを忘れるわけにはいかない。

『だから、鶴彬』で確認した川柳というジャンルの力と可能性を、ポエムと美辞麗句が闊歩する三・一一以後の現在に接続し、あらためて確認し、問い直してみたいというのが、本書の出発であった。

川柳ブームがつづいている。本書でも取り上げた「ワーキングプア川柳」「ホームレス川柳」「原発川柳」「女子会川柳」「ブラック企業川柳」「シルバー川柳」「救援川柳」「サラリーマン川柳」の他、巷にはさまざまな企業スポンサー主催の「〇〇川柳」（冠川柳）が花盛りである。「マネー川柳」「毛髪川柳」「セクシー川柳」「トイレ川柳」「子育て川柳」「洗たくクリーニング川柳」「マンション川柳」「ゴルフ川柳」「ペット川柳」「牛丼川柳」……。ひとつひとつ引用して紹介しないが、これらはもはや川柳というより、川柳の名を借りた広告コピー、キャッチコピー、標語といった方がよい。新自由主義は、広告専制社会である。「世界で一番企業が活動しやすい国」をスローガンに掲げる日本版新自由主義は、川柳の名を借りたキャッチコピー・標語が際限なく増殖する社会となりつつある。

戦時中の『国策標語年鑑』を復刻した『傑作国策標語大全』（前坂俊之、大空社、二〇〇一年六月）を繙くと、「国策に　理屈は抜きだ　実践だ」といった忌まわしい凶器のごとき国策標語に交じって、「川柳」の名を借りた「笑和運動」のキャッチコピーが数多く収録されている。「日の丸を　守る心は　皆丸い」「戦さする　国とはみえぬ　朗かさ」「国難を　笑って背負ふよい男」。いずれも過去のものとは思えない、現在でも異和感なく通用しそうなキャッチコピーといえる。国策標語や広告コピーには、時代を超えた普遍性が備わっている。というより、美辞麗句や巧言令色は、いつの時代も同じ面構えをしている。やがて、鶴彬を死に追いやった「皇軍慰問川柳」「愛国川柳」「戦争川柳」などの、川柳を騙る標語やキャッチコピーが、平成の日本を占拠する日も近いだろう。

川柳は広告ではない、キャッチコピーではない、標語ではない、スローガンではない。川柳は反広告、反標語、反スローガン、反煽動、反洗脳、反資本主義の表現形式であり、詩にほかならない。そのことはいくら強調しても強調しすぎることはない。いくら確認しても確認しすぎることはない。

本書で土台にした主な文章の出典は次の通りである。名前は列挙しないが、鶴彬と川柳について持続的に考え、書く貴重な機会と場所を与えてくれた編集者・運動家の方々に、心から感謝申し上げたい。

「標語やスローガンの『嘘』を暴く鶴彬の川柳」（二〇一一年六月二四日「読書人」）
「路上から立ち上がる川柳の力」（二〇一一年七月一一日「東京新聞」夕刊）
「原発と落書き—鶴彬・岡本太郎・Chim↑Pom—」（『ヒロシマからフクシマへ』勉誠出版、二〇一一年一二月所収）

「川柳は『吐く』もの―鶴彬『手と足をもいだ丸太にしてかへし』を読む」（二〇一一年一二月「日本文学」）

「川柳こそプレカリアートの詩―鶴彬から乱鬼龍へ」

（『アジア遊学―東アジアの短詩形文学』勉誠出版、二〇一二年五月所収）

「スローガンとプロレタリア川柳―鶴彬と川柳の一九三〇年代―」（二〇一三年三月「社会文学」）

鶴彬顕彰碑建立五周年・獄死七五年記念のつどい講演「だから、鶴彬」

（あかつき川柳会・鶴彬顕彰事業基金主催、二〇一三年九月。柳誌「あかつき」№98～100、二〇一三年一一月～二〇一四年一月掲載）

「だから、原発川柳」（レイバーネット日本川柳班『原発川柳句集』レイバーネット日本、二〇一三年一二月所収）

最後に、『だから、鶴彬』につづき、鶴彬と川柳について本にまとめるよう声をかけてくれた春陽堂書店の永安浩美さん、岡崎智恵子さん、デザインの山口桃志さんに、深く感謝したい。

二〇一四年　六月

楜沢　健

川柳は乱《ラン》調《チョウ》にあり

嗤う17音字

二〇一四年 六月二十五日　初版第一刷発行

著作者……椈沢　健
発行者……和田佐知子
発行所……株式会社　春陽堂書店
東京都中央区日本橋三丁目四番十六号
営業部　03（3815）1666
http://www.shun-yo-do.co.jp/

デザイン……山口桃志
印刷・製本……ラン印刷社

ISBN978-4-394-90314-7 C0095